GRABBE-LESEBU

Das Grabbe-Lesebuch

Herausgegeben von
Thomas Schaefer
in Verbindung mit
Fritz U. Krause

Mit Kritzeleien von
Christian Dietrich Grabbe

Satzwerk Verlag

Die Deutsche Bibliothek – CIP-Einheitsaufnahme

Grabbe, Christian Dietrich:
Das Grabbe-Lesebuch / Christian Dietrich Grabbe.
Hrsg.: Thomas Schaefer. –
Göttingen : Satzwerk-Verl., 2001
ISBN 3-930333-38-4

1. Auflage im Jubiläumsjahr 2001

Originalausgabe

Illustrationen: Christian Dietrich Grabbe
Gesamtherstellung: Satzwerk, Göttingen

INHALT

III
»Wir schaffen aus Ruinen«
Helden und Historien 65

IV
»Lärm gibt's! Abgang auch!«
Kritik und Kollegen 119

...ein origineller und ziemlich absonderlicher Dichter...
SIGMUND FREUD:
Das Unbehagen in der Kultur

Immermann, mit dem ich sonst gut Freund war, ist ins Theater versenkt, Uechtritz in die Aesthetik und Grabbe in den Schnaps, aus allen drei Dingen mach' ich mir wenig, am wenigsten freilich aus der Aesthetik. FELIX MENDELSSOHN BARTHOLDY

Der törichte Grabbe glaubte etwas Großes zu tun, wenn er Faust und Don Juan in demselben Drama auftreten und um ein Mädchen kämpfen ließ. (...) Für Christian Grabbe muß mir wohl das Organ fehlen, da ich ihn bloß lächerlich finde und den Ernst, mit dem ihn die Literaturhistoriker und Herausgeber behandeln, nicht begreife.
WILHELM SCHERER:
Geschichte der deutschen Literatur. Berlin 1922

Die Lebensangst, das Auffangen von Niederlagen und einfach was Tolles bringen. Ein Mann, der zwanzigtausend Figuren auf die Bühne bringt, das fand ich schon als Kind toll. Das möchte ich noch heute gern im Theater sehen, das ist für mich wirkliche Literatur. Da habe ich immer gesagt, das möchte ich auch machen. Genauso wie Grabbe. Vierzigtausend auf die Bühne und dann: Abmarsch! Das ist eine Figur, die ich liebe. Wenn deutsche Literatur, dann Grabbe.
JÖRG FAUSER

Etwas kennst Du von den Verhältnissen, die auf mich eingewirkt; ganz kann ich sie niemanden oder Dir höchstens mündlich einmal vertrauen; Sohn ziemlich geringer Eltern (jetzt statt ? – Zuchtmeister, Zuchthausverwalter), mitten in Gefängnisszenen als Kind erwachsen, sodann selbstständig und ohne Kontrolle die Schule besuchend, in den höchsten Ständen Zuneigung findend, früher bloß Wissenschaft liebend, besonders Diplomatik und zu diesem Fache bestimmt, – dann – dann – in innere und äußere Abgründe, die ich stets bestmöglich verstecken mußte und muß, – Haß auf die detmoldischen kleinlichen Umgebungen a priori und doch jedem schmeichelnd, – Leipzig, Berlin, – durch Tiecks Ruf in Dresden, – vor Kunstgeschwätzen und – daraus fortgegangen – nun in ein vielfaches Geschäftsleben als Jurist geworfen, – braue daraus pp., was Du magst.
CHRISTIAN DIETRICH GRABBE:
Brief an Georg Ferdinand Kettembeil

I

»Residenzen wie Detmold«
Die kleine Stadt

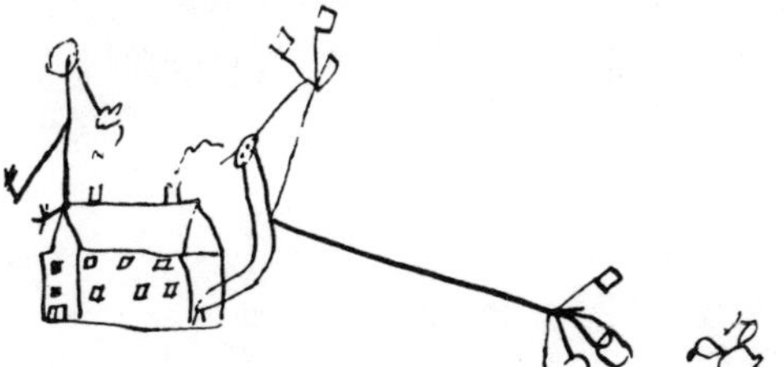

Christian Dietrich Grabbe

Aus Detmold

23. September 1828.

Residenzen wie Detmold gehören der Einwohnerzahl nach zu den Kleinstädten, und doch sind sie wieder weit von den Oertern verschieden, wie sie Kotzebue in seinen Kleinstädtern geschildert hat. Man könnte über sie eine Komödie schreiben, die an jene Kotzebue'schen Kleinstädter nicht erinnerte, und doch gerade so wahr und drollig wäre. Hat das Land siebzig bis achtzig tausend Bewohner, so drängt sich in seiner Residenz an Beamten, Sollicitanten etc. fast alles zusammen, was unter diesen Leuten Einsichten oder Aussichten (die sich bekanntlich nicht wechselseitig bedingen) besitzen mag. Zweifelsohne ist unter diesen Personen, besonders in Deutschland, wo es so viele stille, in sich selbst brütende, in sich selbst untergehende, in sich selbst zufriedene Genies gibt, viel Geist zu treffen, aber er liegt für jeden Dritten im Schlaf. Man soll ihn wecken, und das hält schwer. Denn da kommt wieder die kleine Stadt: man kennt sich (so sonderbar die scheinbare Antithese lautet) zu genau, um sich nicht untereinander zu geniren oder zurückzustoßen, und man genirt sich zu sehr und stößt sich zu sehr zurück, um sich genau zu kennen, – für den Beobachter ein wundersames Schauspiel.

Wie manche Lust, wie mancher Lichtfunken geht dadurch unter, aber mit Recht, denn die Leute selbst sind am Untergange schuld.

(Rheinisch-Westphälisches Korrespondenzblatt, 11. Oktober 1828)

Wulf Kirsten

Grabbe

bohnenspiel im zuchthaus, ein galliger scherz.
die lues logierte in der Goldenen Gans.
läppisches Lippe, zänkisches weib.
zum auditeur geschlagen,
eine satire auf podagrabeinen.
Soldaten vereidigt
in unterhosen, dienstfrack und schwarzer krawatte
(nackt um den hals).
der mensch zum affen verschnürt.
in die intrigen der theaterwelt eingesehen.
genie der mißerfolge, unflätige tiraden.
trinkwut. der mißratene leib
in trister hinterstube eingespundet.
unterm verwanzten bett dintenfaß,
pißpott und rumflasche,
ein rest schierer rum.
bespiene bücher, also rezensierte,
ironisch hinter den sorgenstuhl geworfen.
»leck müi mol ins ees!«
der ziegelbrennersprache tiefere bedeutung:
zu langjährigem Detmold verurteilt.

Karl Ziegler

Bei uns in Deutschland

Bei uns in Deutschland hat man lange Zeit eine ungemeine Hochachtung vor dem Originellen, Formlosen und Barokken gehabt, von den Schriftstellern der Sturm- und Drangperiode an, die umso mehr Veranlassung hatten, sich in Lobpreisung jener Richtung zu überbieten, da sie dieselbe nicht aus sich schöpften, sondern aus der englischen Literatur, zumal den beiden Charakteren Fallstaff und Hamlet, die dazumal zuerst in Deutschland bekannt geworden zu seyn scheinen. Jene Ansichten waren nach und nach in alle Schichten der Gesellschaft gedrungen und übten sehr großen Einfluß. Möglich, daß sie auch auf den jungen Grabbe einigermaßen eingewirkt haben. Denn es schien bisweilen, als ob er sich manchen Abschweifungen aus der gewöhnlichen Bahn, namentlich dem Genusse geistiger Getränke, mit Bewußtseyn hingäbe, als ob er sich etwas darauf zu Gute thue, sey's, weil er sie für ein Zeichen genialer Kraft hielt, sey's, weil er mit ihnen die tragische Größe eines gefallenen Sterns verband. Im Grunde aber entsprangen die Symptome der Wunderlichkeit, die wir oben anführten, aus seiner eigenen Natur. Schon damals wohnte ihm nämlich eine außerordentliche Veränderlichkeit bei, die wohl mehr die Folge einer nervösen Reizbarkeit war, als widriger Schicksale, die alle Gefühle aufgestachelt und empört hätten. In letzterer Beziehung muß man nämlich fragen, was hatte denn die Welt dem jungen Grabbe groß zu Leide gethan?

Bald war er niedergeschlagen, zumal wenn ihm Widerspruch entgegen gekommen war oder sein Ehrgeiz keine Befriedigung gefunden hatte. Bald war er überglücklich und ausgelassen bei den geringsten Erfolgen. Bald war er sehr selbstständig, ja hatte etwas Verschlossenes, fast Unnahbares, bald war er wie ein Spiel der Winde, leichtgläubig und leicht fortgerissen; bald war er versöhnlich, mild und anschließend; bald war er hochfahrend und anmaßend und setzte sich aufs hohe Pferd, zumal wenn das Bewußtseyn in ihm aufquoll, daß ihm nicht genug Anerkennung zu Theil geworden. Er war von einer außerordentlichen Unruhe beherrscht, die zu einer auflodernden Heftigkeit werden konnte, das trieb ihn natürlich theils zu einem eigenthümlichen Starrsinn und Eigensinn, um sich nämlich Haltung in diesem veränderlichen Durcheinander zu verschaffen, theils zu allerlei wunderlichen Ausflüchten und Sprüngen.

Vielleicht ist hierin überhaupt die Geschichte der humoristischen Natur gegeben.

Wegen dieser oben behandelten Sonderbarkeiten des jungen Grabbe hegte man in Detmold nur um so mehr von ihm große Erwartungen, indem man sie für den eigentlichen Stempel des Genies ansah. Und man muß bekennen, daß sich die Genialität allerdings sehr gern mit einem wunderlichen excentrischen Wesen verbindet. Müssen nicht die Fontainen aus dem Herzen um so höher steigen, je stärker das Druckwerk ist, welches darauf liegt? Man denke sich dieß Hangen und Bangen zwischen Himmel hoch jauchzen und zum Tode betrübt. Es ist, als ob man sich mit dem ganzen Bettel der Welt in die Tiefe hinabstürzen müßte, um sich wieder zur glänzenden Höhe der Weltüberwindung zu erheben, erst Niederfahren zur Hölle, dann Auferstehen zur Herrlichkeit des Himmels.

Nur können wir nicht verhehlen, daß solche Wunderlichkeit ihre großen Gefahren an sich hat, wenn nämlich das Excentrische zu stark wird und nicht beherrscht werden kann, indem es dann in gänzliche Formlosigkeit ausartet und sich und die Welt verliert.

Christian Dietrich Grabbe

An die Eltern

Berl., den 20. Dez. [1822]
Teuerste Eltern!

Euren Brief vom 15. Dez. habe ich zu meiner Freude richtig erhalten; ich bin noch gesund, möchtet Ihr es auch sein. Daß die Mutter so starkes Kopfweh hat, macht mich so unruhig, daß mir das Essen nicht schmeckt.

Etwas sehr Erfreuliches ist es, daß ich grade an meinem Geburtstage durch den Rektor der hiesigen Universität, Herrn von Raumer, einen außerordentlich höflichen Brief von dem Schriftsteller erhielt, welcher nach Goethe der erste in Deutschland ist, nämlich von Tieck in Dresden. Er erkundigt sich darin angelegentlich nach meinen Verhältnissen, sagt, daß ich seine große Teilnahme gewonnen hätte, daß ich ihm wieder schreiben möchte, daß er mit mir bekannt zu werden wünsche usw. Kurz, dieser Brief kann mir außerordentlich nützlich werden, denn wenn z.B. nur jemand weiß, daß ich mit Tieck, der fast niemanden eines Briefwechsels würdigt, korrespondiere, so ist das mehr Empfehlung, als wenn ich ein Adelsdiplom in der Tasche hätte. Komme ich Ostern zu Haus, so werde ich Euch den Brief zeigen. Schwerlich werde ich jedoch im Lippischen bleiben, oder daselbst die gewöhnliche Geschäftslaufbahn anfangen. Daß Ihr ein tüchtiges Schwein gekauft habt, ist das Vernünftigste, was Ihr tun konntet. Kümmert Euch nicht um das Detmolder Geschwätz; seid darüber erhaben; Ihr glaubt nicht, wie erbärmlich es ist. Die Sprütten hat eine riesengroße Pension; mehr wie eine Regierungsrätin. Hier ist es gräßlich kalt geworden; es liegt überall Schnee. Den Brief von Ballhorn bestelle ich nächsten Montag, weil Savigny nicht anders zu sprechen ist. Vor Hardenbergs Hause steht nur noch eine einzige Schildwache;

wie man behauptet, tritt Voß an seine Stelle. Er ist schon vergessen. Neulich haben hier einige der untersten Schauspieler einen Rezensenten angefallen. Bei der Pferdeauktion, welche die Gardehusaren hielten, ist manches Pferd für 16 Gr. zugeschlagen. Bei mir meldet sich schon wieder das Zahnweh. Ich gratuliere Euch zu Neujahr. Ihr müßt viel Schweinebraten essen. Ich werde wohl niemals in Detmold wieder heimisch werden können, Euch aber will ich lieben, bis daß mir das Herz zerbricht! Stets, stets, stets, stets

Euer treuer Sohn

ChDGrabbe.

Karl Ziegler

Mit zerrissenem Gemüth

Grabbe kehrte mit zerrissenem Gemüth nach Detmold zurück. Schon in seinem Aeußern verrieth sich eine schmerzliche Gleichgültigkeit. Sein Kostüm war auffallend vernachlässigt, und wenn ihn seine Bekannten freudig begrüßten, pflegte er gewöhnlich mit einem gelangweilten und gleichgültigen Gesichte zu sagen: Sieh, ich meinte, du wärst schon längst gestorben. Uebrigens möchte einen großen Antheil an dieser Herabstimmung der Umstand haben, daß er die Nothwendigkeit einsah, sich dem bürgerlichen Leben zu widmen und die gewöhnliche juristische Carrière einzuschlagen. Als er sich einigermaaßen erholt hatte, meldete er sich darauf bald zum juristischen Examen, bekam seine Proberelation, arbeitete sie aus und bestand das mündliche Examen am 2. Juni 1824. Auch bekam er bald als Advocat zu thun; es ist nämlich im Lippischen die Advocatur für den Juristen der gewöhnliche Anfang einer Carrière, auch für solche, welche sich dem Staatsdienste widmen, und verdient es wohl erwähnt zu werden, daß er seine juristischen Schriften in dieser Zeit mit unverkennbarem Fleiß und mit Sorgsamkeit ausarbeitete. Manchmal sprach er mit seinen vertrauten Freunden, z. B. Petri, davon, daß er sich auf das Geschäftsleben werfen wolle, daß es sein ernstliches Bestreben sei, sich eine bürgerliche Stellung zu verschaffen, und erst, wenn er diese gewonnen habe, wieder zur Dichtkunst zu greifen, und so schien es denn manchmal, als ob er sich in das Unvermeidliche fände.

Aber tief im Herzen war er gebeugt und sein Geschäftsleben, das ihm um so kleinlicher erscheinen mochte, da er als Anfänger in der Advocatur, wie das zu geschehen pflegt, meistentheils nur kleine und schlechte Sachen erhielt, widerte ihn förmlich an. Man kann sich das denken, wie elend es Jemandem, der sich um die höchsten Interessen der Menschheit bekümmert und in den Herzens-Aufregungen großer dichterischer Situationen gelebt hatte, vorkommen mußte, jetzt gezwungen zu sein, einen armen Bauern zu vertheidigen und sich für seine Wegegerechtigkeiten und Erdlöcher herum zu zanken! Er lebte sehr zurückgezogen wie ein einsamer Sonderling, hatte eigentlich weiter keinen Umgang, als mit ein Paar Gymnasiasten, die er noch von seinen Schuljahren her kannte und die ihn bisweilen auf seinem Zimmer besuchten, ihn abholten und mit ihm spazieren gingen; oft ging er allein aus und setzte sich allein in diesen oder jenen Krug und las hier in einem Buche, welches er mitgenommen hatte.

Wenn er zufällig an öffentliche Orte kam, wo sich Personen aus den ersteren Ständen versammelten, die er in der Regel mied, so war er gewöhnlich sehr still ohne an der Unterhaltung Antheil zu nehmen, indem er sich einestheils bei seiner für ihn unglücklichen Stellung zurückgesetzt fühlte, anderntheils aber mit Stolz sich weit über alle seine Umgebung erhob und diese mit einer Art Geringschätzung ansah.

Einmal befand er sich in einem Caffeehause unfern der Stadt, als ein Lehrer des Gymnasiums, der für einen schönen Geist galt, sich in breiten Erörterungen über Shakespeare ausließ, und den Schauspielern der Detmolder Bühne den Vorwurf machte, daß sie in dem gestrigen Stücke nicht im Entferntesten eine Ahnung vom Shakespeareschen Geist gehabt hätten. Grabbe, der still und ruhig in einer Ecke saß, erkannte aus dieser Vorlesung bald, daß der Critiker selbst den Dichter sehr falsch aufgefaßt hatte und jene verdroß ihn um so mehr, da ihm das Absprechen des Lehrers als ein ausschließliches Beherrschenwollen der Gesellschaft, folglich als eine verletzende Anmaßung vorkam. Bei jedem Worte empörte sich sein Inneres mehr und mehr und als nun der Lehrer sehr ruhmredig bemerkte, wenn ich die Kerle nur einmal ein halbes Jahr unter meiner Fuchtel hätte, es sollte ihnen schon beigebracht werden, da platzte sein Unmuth heraus und er versetzte entrüstet: Daraus würde was Rechtes werden, was würde das für eine Conversation geben? Und Shakespeare! überhaupt Sie verstehen gar nichts von Shakespeare! Dann nahm er alle die Ansichten durch, welche der Lehrer eben entwickelt hatte, zeigte sie in einigen raschen kräftigen Zügen in ihrer ganzen Blöße und stellte daneben, wie Shakespeare aufgefaßt werden müßte. Sobald er geendet, nahm er Hut und Stock und entfernte sich aus der Gesellschaft, die allerdings sehr verwundert zurückblieb.

Karl Immermann

Besuch bei Grabbe

Mein Freund nebst noch einem Bekannten begleitete mich aus L. nach Detmold. Unterwegs war auch viel von Grabbe die Rede, der dort als Auditeur angestellt ist. Sie erinnern sich aus meinen Gesprächen, wie sehr mich dieser seit dem Beginn seiner Laufbahn interessirt hat. Das Rohe, Ungeheuerliche seiner Anschauungen, der sichre Tact, womit er besonders die Massen zu deutlichen Gestalten macht, und die sorglose Kühnheit, welche Dinge und Personen greift, wie sie liegen und stehn, selbst auf die Gefahr, in das Triviale und Abgebrauchte zu verfallen; alles dieses stellt ihn auf eine ganz eigne Weise hin. Schon im Gothland war bei allem Scheußlichen doch ein tiefer Drang sichtbar; das Lustspiel strotzte von derbem Spaße; Marius und Sulla war wirklich ein Torso des Hercules. In Heinrich dem sechsten und noch mehr in Don Juan und Faust wurde er zwar sehr schwach, dagegen enthält der Barbarossa die größten Züge, und in den hundert Tagen haben mich die Schlachten zu freudiger Bewundrung dieser neuen und dreisten Art hingerissen. Ich halte ihn für einen der Wenigen in der Gegenwart, welche dichten, weil sie es nicht lassen können.

Ich mußte also natürlich wünschen, ihn kennen zu lernen. Indessen beschloß ich, die Sache auf sich beruhn zu lassen, aus mehreren Gründen, wovon der hauptsächlichste *der* war, daß man bei der jetzigen Stimmung der Menschen nie weiß, ob man nicht, wenn man arglos und wohlwollend sich Jemandem nähert, in ihm Einen findet, der sich's in den Kopf gesetzt hat, unser offenbarer oder heimlicher Widersacher zu seyn. Der Zufall war aber für mich thätig.

Der Beamte wollte ihn eines Geschäfts halber sprechen, und ich erfuhr, daß er auf die Ressource, wo wir uns befanden, kommen werde. Halb im Scherz wurde ausgemacht, daß wenn ich mit ihm anknüpfen wolle, ich ihm als ein Doctor Müller aus Bremen, der die Cholera in Warschau studirt habe, und sich auf der Rückreise befinde, vorgestellt werden solle.

Nach kurzer Frist erschien nun: nichts Gigantisches oder Abnormes, sondern ein schmales spärliches Männchen, mit einem länglichen ovalen Gesichte, und einem nicht übel gebildeten Munde, dessen blasses Antlitz aber durch ein fahles Haupthaar noch tonloser und mitleidenswürdiger wurde. Er sprach still und schüchtern mit dem Beamten. Mystificationen gelingen mir nicht; schon der Gedanke an den Vorsatz erregte mir Unmuth, ich trat ihm näher, nannte meinen Namen und sprach eine gewöhnliche Begrüßung aus. Statt sie unbefangen zu erwidern, sagte er verlegen etwas Unverständliches und es erfolgte ein ganz sonderbarer Moment. Man rückte ihm einen Stuhl hin, suchte das Gespräch in einen gleichgültigen Train zu bringen; umsonst, er blieb einsylbig, unbeholfen. Erst nachdem er einige Orth Wein zu sich genommen, wurde er etwas freier und regalirte uns mit barocken Einfällen, in denen ich sein Naturell erkannte. Ein Anwesender wollte das Gespräch auf seine Sachen bringen. Er lehnte es mit Heftigkeit ab, und erklärte, daß man ihn damit aus der Stube treiben werde.

Sein Wesen hatte etwas so Ursprüngliches und Ungemachtes, war von der gewöhnlichen Manier unsrer schönen Geister so fern, daß diese Viertelstunde meine Ueberzeugung von ihm nur noch fester bestärkt hat. Bestochen hat er mich nicht; mein Gefallen muß also wohl reiner Art seyn. Die widerwärtigsten Hemmungen mögen ihn umgeben und bedrängen. Ich glaube aber, daß seine Natur stark genug ist, um über Alles zu siegen.

Peter Hille

Grabbe

(Geboren am 11. Dezember 1801 zu Detmold, gestorben ebenda am 12. September 1836)

Noch immer lebt seine Tradition fort in der Teutoburger Stadt.

Aber nicht etwa wie in Weimar, der Stadt geistiger Pietät, man des Musenhofes gedenkt.

Detmold fühlt anders. Frisch wie vor siebzig Jahren ist noch der Haß und die Abneigung des Philisteriums und der Kleinstadt gegen die schroffe Größe des unseligen Menschen, der hier seine Lebensjahre beschließen mußte vor den Augen seiner hämischen Mitbürger, die sich freuten, den Verwegenen zu quälen, der früh aus ihrem Kreise fortstrebte, der aber bald hilflos wieder unter sie zurückfiel.

Einsamkeit und Trotz, Mangel an Anregung trieb zum Trunk, und der Trunk hetzte immer tiefer in Verbitterung und Zerfall hinein.

Weist man nun die Eingeborenen auf ihre Berühmtheiten hin, auf Grabbe und Freiligrath, da lassen sie allerdings Freiligrath gelten. Grabbe indes ist ihnen nur ein Schandfleck ihrer guten Stadt, und sie nennen ihn nicht anders als den »verrückten Grabbe«.

Nur im Museum findet er sein Recht, da steht seine Büste neben der Freiligraths, grade wie in der Wehnder Gasse sein Sterbehaus neben dem Geburtshause Freiligraths steht.

Als ich vor fünfzehn Jahren in Detmold den Spuren der beiden Dichter nachging, wohnten in dem einen Hause ein Schuster, im andern ein Schneider.

Herren, die ich nach den nahe nebeneinanderliegenden Grabstätten Grabbes und seiner erst lange nach dem Hinscheiden ihres unglücklichen Sohnes hochbetagt gestorbenen Mutter fragte, wußten keinen Bescheid; ein Schlossergesell, sein Handwerkszeug in der rissigen Hand, gab Auskunft.

Im Museum waren neben einer Gedichthandschrift von Freiligrath besonders merkwürdig jugendlich steife Dank- und Bittbriefe des jungen Menschen an seinen Vater und an seinen Gönner Klostermeier. Die Bittbriefe betrafen Schulklassiker, so Cicero's »de officis« und »de oratore«, aber auch einige Bände Shakespeare-Übersetzung.

Ergreifend wegen des schönen Wahnes, der sich darin ausspricht, wirkt ein Brief des Vaters an den Berliner Studenten: er soll einen Riesenerfolg mit seinem »Herzog Theodor von Gothland« gehabt haben und als Dichter am königlichen Schauspielhause angestellt sein mit einigen tausend Talern als Jahresgehalt.

So hatte die Legende den jungen, von Gönnern, aber auch durch die unerhörtesten elterlichen Opfer erwerblich fruchtlos aufgezogenen Geist mit märchenhaftem Glück geschmückt; einem Glück, wie's nur die Ferne anzudichten vermag.

Nein, du armer Zuchtmeister Grabbe, dein Christian Dietrich war kein Theaterdichter! Nur einmal ward zu Grabbes Lebzeiten ein Drama von ihm, der »Don Juan und Faust« auf der elenden Wanderbühne seiner Heimat aufgeführt; er mußte froh sein, daß seine Werke nur gedruckt wurden.

An Honorar irgendwelcher Art gar nicht zu denken! Nur ein bald mißglückender Versuch, mit von Immermann bezahlten Kritiken über dessen Düsseldorfer Bühne sein Leben zu fristen, konnte allenfalls unter literarischen Erwerb fallen.

Die Sache konnte nicht gehn. Der beamtenmäßige Ordnungssinn (Oberhof) des Apellationsgerichtsrats Immermann und die geniale Unordnung des davongejagten Auditeurs Grabbe vertrugen sich ebensowenig miteinander wie die direktoriale Reizbarkeit des zu Konzessionen ans Publikum gezwungenen Auftraggebers und seiner in ihrer Ebenbürtigkeit fortwährend verwundeten, sich zurückgesetzt fühlenden Schreibkraft, die Schund lobend besprechen sollte, wo die eigenen gigantischen Werke des Dichters nicht die mindeste Beachtung fanden.

Kein Wunder, daß sich namenlose Aufregung in Form und Inhalt des Briefes verrät, in dem Grabbe seiner nach ihrem Sohne sich sehnenden Mutter verbietet, zu ihm nach Düsseldorf zu kommen.

Die sonderbarsten Gründe greift er auf:

»Was willst du hier, wo alles katholisch ist, da du doch Katholisches gar nicht ausstehn kannst?«

Die letzte Reliquie stammt aus den letzten Tagen des Dichters. Es sind einige mit Bleistift hingewühlte Dankzeilen an seinen Jugendfreund Justizrat Petri, der ihm zur Spazierfahrt einen Wagen zur Verfügung gestellt hatte.

Da ist nichts mehr darin als äußerster Verfall, nichts mehr von dem Lapidarismus, der seinen Schriftzügen sonst eigen war, »kopfschwere Buchstaben, die ihr Gewicht fühlen«, wie sie Adolf Henze, der frühere Graphologe der »Leipziger Illustrierten Zeitung« so treffend bezeichnet.

Grabbe (Grabbe, Grab) ist ein Sohn des Winters: in der ersten Hälfte des Dezembers vor nunmehr hundert Jahren geboren, endete er kaum mehr als ein Menschenalter darauf sein gequältes, zerrüttetes Dasein, ehe die Frühlingssonne die Kräfte der Erde zu neuem Leben gelockt.

Es ist möglich, daß das Fieber des Alkohol seinen ungeheuren Werken die Züge in's Maßlose verzerrte; es ist möglich, daß das Grinsen einsamen Grimmes noch herber ausfiel unter der tobenden Lethe des Trunkes; das wollen wir nicht vergessen, wir haben es hier mit Werken zu tun, die mitten in ihrer etwaigen Zerrüttung noch gewaltig zu ragen wissen.

Vers und Melodik waren dieser Cyclopenkraft versagt; wollte er gefühlsmäßig wirken, so ward es läppisch, das heitere Märchenartige, fabulierend Phantastische, wie es seinen romantischen Tagen eignete, mit denen er so eigentlich gar nichts gemein hatte, gemein haben konnte, war ihm versagt.

Konnte nun auch aus dem stille Beschaulichkeit zu seiner Entstehung erheischenden, gedankenhohen Faust ebensowenig etwas werden, wie aus dem freien deutschen Welthumor des Tyll Eulenspiegel in so gequetschter Lage oder der anmutigen, leicht federnden Genußkraft eines Don Juan, wofür der Dichter nur eine abgewiesene Liebe und eine aus gesellschaftlicher Eitelkeit vollzogene Gönnerehe mit einem angejahrten Blaustrumpf in die Waagschale werfen konnte, dazu den Rausch in seiner plumpsten Gestalt, den Rausch als Surrogat – Menschen mit düsterem Schicksalsschritt ward die einsame Kraft dieses Athlethengeistes in schwächlichem Körper um so eher gerecht.

Da haben wir das einen ganzen starken Band einnehmende dramatische Epos »Napoleon«, ein Panorama der Weltgeschichte, das seinesgleichen sucht.

»Barbarossa« und »Heinrich der Sechste« sind deutsche Dramen; das erste voll blonder Urkraft und Stärke blauer treuer Augen, das andere voll des dämonisch blendenden Zaubers des treulosen Südens in der gewalttätigen Seele Heinrich des Sechsten. Eine herrliche Episode darin der durch ein blutrotes Abendrot angekündigte Fall der ebenso wohlbehäbigen, wie treulosen niedersächsischen Hansastadt Bardowieckvestigia leonis.

Das erste Drama aus der Zeit der Hoffnungslosigkeit ist »Hannibal« mit seiner bittern Gestaltungskraft voll fanatischem Molochtums.

Grabbe war der Poet seines Verfalls; seines eigenen, persönlichen, bitter am eigenen Leibe empfundenen Verfalls – nicht wie jetzt bei einigen Jüngelchen Unzufriedenheit der

Millionen, Mißvergnügen des Besitzes und irgendwie in der Luft liegender Verfall.

Die Sachen aus seiner aufstrebenden Hoffnungszeit haben zum Teil etwas Künstliches, lassen die innere Freudigkeit, der auch die echte Tragik nicht entraten kann, das Untergehen mit Begeisterung, vermissen oder entbehren der Einheit des richtigen Stoffes.

Einige schwächere Dramen, die sich auch von Tieck wenig unterscheiden, wie »Aschenbrödel«, übergehe ich. »Herzog Theodor von Gothland« ist auch dem Umfange nach ein ungeheures Schreckensdrama, ein Drama des Hasses, des gegenseitigen Vernichtens und einer wahren Wollust der Verdammnis, es erinnert in Grausamkeit an die blutgierigsten Genossen des Speerschüttlers von Avon, übertrifft sie und auch ihn – in dieser Art – an Folgerichtigkeit und Wucht des bösen verbitterten Geistes. Grabbe hatte die Arbeit schon als Primaner in seiner Vaterstadt begonnen.

Das Scherzspielchen: »Scherz, Satire, Ironie und tiefere Bedeutung« ist ein krauses Ding voll springender Witzkraft, aber doch ohne rechten Inhalt.

Wo grade die tiefere Bedeutung stecken soll, ist mir unerfindlich.

Ich glaube, die ganze Sache ist auch mehr ein Brandopfer auf dem Altare der Romantik.

Es ist nur ein Stück Anlage, ein Befähigungsnachweis, eine Löwenklaue – aber der dazugehörige Löwe, der Löwe des höhren Lustspiels ist ausgeblieben.

Er konnte das Klima nicht vertragen.

»Don Juan und Faust« ist mehr eine künstliche Nebeneinanderstellung als Durchdringung des Lebens und Gegenüberstellung seiner Pole.

Übrigens ist der Spanier lebendiger herausgekommen als der Deutsche.

Zu seiner meist recht einsichtigen, ebenso treffenden wie unerschrockenen Schrift gegen die Shakespeareomanie hatte Grabbe als der Kongenialere jedenfalls mehr Recht als das drollige Kleinchen von der Pleiße: Roderich Benedix.

Die Pleiße rempelt den Avon an: ein Schauspiel für Götter und Menschen!

Nach der von einem buchhändlerischen Freunde veranstalteten, durch Zensurlücken angeschwärzten Sammlung hat Hofrat von Gottschall eine recht oberflächliche Ausgabe in zwei Bänden bei Reclam erscheinen lassen. Eine ebenso liebevolle wie gewissenhafte Zusammenstellung, die wohl abschließend sein dürfte, gab Ende der Siebziger Oskar Blumenthal bei Meyer in Detmold heraus.

Ein Widerpart, wie er sich schroffer nicht denken läßt, eine Sympathie für den Gegensatz!

Von »Don Juan und Faust« wie auch von »Barbarossa« brachten Berliner Theater nicht ohne Erfolg Einstudierungen; die sehr verballhornte, auf ein Fünftel gekürzte Bearbeitung des »Napoleon« für das Belle-Alliance-Theater in Berlin sah über hundert volle Häuser.

Man sollte auf vaterländischen Bühnen das Ganze vielleicht in einer Tetralogie oder Pentalogie unangetastet bringen, und man hat ein Weihespiel, wie man es nicht besser wünschen kann.

Und ich glaub', ein Zugstück dazu.

Schade, daß Marius und Sulla Torso blieb.

Dieses Fragment bringt Demokratie und Aristokratie in gewaltigem Kampf, die Aristokratie siegt, muß siegen.

Große Persönlichkeiten wie Grabbe und Hebbel waren für schneiderheiße Volksbeglückungen niemals recht zu haben.

Um so einen Torso, der vielleicht das Bedeutendste seines Dichters geworden wäre – ich erinnere an Schillers »Demetrius« – ist es eine unangenehme Sache. Alle Versuche der Vollendung sind vergeblich: es ist wie mit dem Straßburger Uhrmacher, der sein Werk zum Stehen brachte, und keiner kann es wieder in Gang bringen.

Das letzte, das der Dichter schuf, war er oder vielmehr sein Grimm, der die zahllosen Feinde für sein Leben gern erschlagen hätte, und seine Heimat; ein Werk, dem man Kälte und Trockenheit, skeletthafte Magerkeit vorwirft.

Ich kann mir nicht helfen: eine fette »Hermannsschlacht« kann ich mir schwer denken. Ich finde: dies Verbitterte, zerrissen Verbleichte paßt zum Gegenstande und den heimatnahen Externsteinen.

Und nun meine ich, man sollte zur Sühne für die Unbill, die der Dichter der Hermannsschlacht in seinem Geburts- und Sterbestädtchen erfuhr und erfährt, da draußen auf der Grotenburg, auf dem Wege zum Hermann die beiden auch im Leben ineinandergreifenden heimatstarken und auch im Fremden heimatbrennenden Dichter zusammenstellen in zwei Büsten, nahe einander oder einander gegenüber, in einem rüstig frischen Dreiviertelrund von Fichten oder Eichen.

Hierher gehören sie zusammen, nicht in die Stadt, die nur Freiligrath, nur den Einen wollte.

Und da die guten Detmolder schwerlich sich für Grabbe in's Zeug legen werden, so mögen Westfalen, die auf ihre großen Männer stolz sind, die Angelegenheit zu der ihrigen machen!

Ludwig Fels

Grabbes Erzählung

Ich stelle mir vor, ich lebe in Detmold. Ich wohne in einem stöhnenden Haus. Durchs hintere Giebelfenster kann ich in den Park der Residenz blicken. Im Frühling lachen dort im Schatten Damen. Die Männer im Haus grüßen mich alle, sie müssen es tun. Sie alle tragen Bärte und weinen oft. Ihre Bärte sind schmutzig und ihre Tränen ohne jede Farbe. Ich weiß noch nicht, in welchem Haus ich sterben werde. Ich weiß nicht einmal, daß ich in dieser Stadt sterben werde. Jung wie ich bin, halte ich es aus, daß mein Vater die weinenden Männer schlägt. Erst wenn sie in den Tiefen des Hauses verschwunden sind, erst dann ist nichts mehr von ihnen zu hören. Ich lausche lieber dem Lachen der Damen, ihren Schritten auf dem Kies der Wege, diesem zierlichen Klang ihrer Füße. Stolpert eine über eine Wurzel, wird am nächsten Tag sogleich der Baum gefällt. In den frühen Morgenstunden ist der Park geschlossen und den Damen das Aufsuchen desselben nicht gestattet, denn um diese Zeit, von Nebeln umwogt, arbeiten die Männer im Park; scheu betreten sie die Wege, furchtsam fast den Rasen; dann wieder knien sie in den Blumenbeeten und weinen; ihre Schatten sind nicht schön.

Vorne, vorm Haus, führt die Bruchstraße vorbei. Eilige Menschen springen dort übers Pflaster, denn die Stadt ist klein in ihren Ausmaßen und nur Hektik und Tempo zu gegebener Zeit im gebotenem Rahmen lassen sie mitunter etwas größer, weitläufiger erscheinen. Aber der größte Platz in der Stadt ist der Park der Residenz. Unweit vom Schloß liegt das Hoftheater. Es würden keine Stücke gespielt, in denen Männer weinen, sagt mir mein Vater und meine Mutter, erinnere ich mich, nickt ergriffen zu seinen Worten. Daß meine späteren Worte von Schauspielern in diesem Theater vor Publikum auf der Bühne gesprochen werden:

niemand weiß es, niemand auf der ganzen Welt, am allerwenigsten ich. Ich bin nicht so stark, um so lange zu warten. Ich sehe es an den Männern im Haus, auch sie warten, alle, alle warten sie und weinen.

Von der Bruchstraße zweigt eine Gasse ab. In ihr steht das Haus, in dem ich sterben werde. Ich werde nicht allein sein beim Sterben. Ich werde zu ebener Erde sterben. Das Haus ragt kaum höher als ein auf den Kopf gestellter Sarg. Bin ich betrunken, fliege ich oben zum Fenster hinein. Meine Frau liebt mich nicht. Wenn ich nüchtern bin, bin ich häßlich. Mir mangele es nicht an Stirn, geben mir die wohlmeinenderen Zeitgenossen zu verstehen. Mir fehle ganz einfach das Kinn, sagen die, die mich kränken wollen, da sei nichts zwischen Nase und Hals, nichts von Belang, zotteliger Speck. Als Kind durfte ich mich den lachenden Damen im Schatten nicht zeigen, und die Männer im Haus brauchten ihr Mitleid für sich selbst.

Daß ich trank, was und wieviel ich trank, wissen alle, die mein Geld genommen haben, die mich ausgelacht, die mich verspottet haben, und meine Frau, diese Frau, hat mir die Räusche, die ich hatte, vorgezählt, bis mir der Kopf wehtat.

Ich muß unter Leute. Im Wald ist man allein. Beim Schreiben ist man allein. Niemand spricht wie auf dem Papier. Die Menschen denken leise, aber selbst wenn es laute Geräusche erzeugte, wäre viel Stille auf dieser Welt. Sie reden von mir, sie sagen über mich, ich sei zwar berühmt, aber nicht so, wie ich dächte. Dann lachen sie. Dann trinke ich. Daß ich mich tottrank: auch wegen ihnen. Wir mögen keine nüchternen Künstler, Herr Grabbe, nüchterne Künstler denken zuviel und sind langweilig, Herr Grabbe, gescheit sind wir selber und so klug, daß Sie uns einladen dürfen, falls es Ihnen beliebt. Wenn sie dann ihre Krüge erheben, fällt der Schatten von der Decke herab. Ich springe auf und falle vom Stuhl. So gefalle ich ihnen.

Ich erzähle ihnen von Don Juan und Faust und von der Hermannsschlacht, aber so heiße ja jeder Wirt sagen sie und lachen, wissen nicht, warum. Sie essen und trinken, ich trinke und falle hinaus in die Nacht, es ist so still wie im Wald in den Gassen. Meine Frau wartet. Sie schläft nicht. Sie rückt im Bett von mir weg. Ich rieche mich. Der Bauch schmerzt. Die rechte Seite. Die Zunge lahmt. Es will mir keine Entschuldigung einfallen. Ich liege und schwitze und die Bäume, die schwarzen Bäume im Traum, verwandeln sich in germanische Krieger, die Bärte tragen, zottige, struppige Bärte, wie die Männer in den kahlen grauen Zellen, wie die Männer im ersten Licht der Dämmerung im Park. Schlachtenlärm erdröhnt mir im Schädel, das Gemetzel nimmt seinen Anfang, es martert mich, tausende Leichen zu sehen, Pferde, die sich die Augen ausstoßen an gesplitterten Ästen. Drei Legionen des Varus werden von den Cheruskern niedergemacht, dreißig Kohorten zu neun Manipeln. Ein Heidenlärm. Einen Schaden fürs Leben. Im Zuchthaus geboren, Grabbe, im Wirtshaus den Tod geholt. Und meine Frau erst, Gott hab ihren Vater selig, sagt mir ins Gesicht: Zweimal, Christian Dietrich, hast du um meine Hand angehalten – und was glaubst du, hast du bekommen? Einen kleinen Finger habe ich dir gereicht, mehr nicht! Und selbst ihn stehst du in Begriff loszulassen. Die Drachen, Grabbe, sind immer noch nicht ausgerottet; die Hexen brennen gar lustig; Germanen tanzen um die Scheiterhaufen. Ich schreibe mich dem Kopf entgegen, meine Herren! Der Bauch vergißt, daß die Seele im Bier schwimmt! Reden wir über Politik. Schreie ich auf der Straße? Ich falle hinaus in die Nacht. Ich will jetzt heimgehen. Ich will in den Wald. Ich wohne »Unter der Wehme«. Der Aquavit in der »Hermannsburg« könnte den Mond erwärmen. Singe ich vorm Hoftheater? Nicht während der Vorstellung, nicht, während ich mir vorstelle, daß Vorstellung ist. Wenn ich berühmt bin, bezahle ich alles.

Ich bin jung gestorben. Ich habe keine Reisen gemacht. Ich bin jung gestorben, nicht erst im besten Alter, eigentlich damals schon, als mein Vater auf die Männer einschlug, sobald sie es wagten, in ihren steinernen Löchern zu singen, oder zu schreien. Ich war immer Zeuge ihres Verstum-mens, ihres Weinens. Ich stelle mir vor, ich hätte Clostermeyer geheißen, nicht Grabbe, hätte nicht geschrieben mit diesem Bierschweiß in den Achselhöhlen, wäre eine Frau gewesen, meine eigene, verheiratet mit einem Mann, der nicht säuft, nicht mit mir. Es liegt an dieser Stadt, daß einem die Gedanken wie wirr im Kreis herumrennen; nicht einmal die Nacht kann sie aufhalten; kein Gefühl wird groß, alles verkümmert in der Brust, in den krummen Gassen. Ob ich glücklich war, ist eine vollkommen entbehrliche Frage. Ich lasse mein Leben lieber von anderen erzählen. Ich hetze mich die Hänge hoch, und der Wald, der Teutoburger, verschwindet im Himmel. Der Himmel ist grün und ein paar graue Bärte hängen aus den Wolken. Das macht das genossene Bier. Die Liebe streut ein bißchen Mist ums Bette. Das macht das Bier. Das Bier macht auch, daß die Häuser einstürzen, wenn ich singe und schreie. Nur das Schloß und das Hoftheater halten dem stand. Beide sind sie uneinnehmbar, die Bühne und der Wassergraben. Und die Bürger von Detmold, auch sie sind uneinnehmbar. Ostwestfalen. Mit Balken vernagelt. Ein sperrig Volk! Zwischen Giebel geklemmt. Sie sprechen zu langsam, sie lachen so langsam, daß man am Ende vergessen hat, worüber sie lachten, und wenn sie über mich lachen, weil ich trinke, sagen sie, weil ich schreibe, meine ich, falle ich in ihr Gelächter ein, lache lauter als sie, schneller, lache über mich, über mein Gelächter über mich. Dann kann ich Sätze sagen, dann ducken sie sich unter der Politik. Dann lasse ich sie teilhaben an meinen Plänen, lasse sie lachen über meine dramatischen Entwürfe, über die groteske Position dessen, der an der Welt mitbaut. Die Wälder wachsen in mein Gedächtnis hinein. Auf der Straße grüßt man mich nicht mehr. Meine Frau geht immer seltener aus dem Haus. Sie stammt aus einer achtbaren Familie. Ich bin der Sohn eines Zuchthausverwalters. Meine Freiheit war stets wie gedacht. Ich suche nach Waffen in den Wäldern, nach Keulen, Schwertern, Spießen, suche nach Helmen, alten Knochen und Zähnen, nach einem Beweis, daß die Erde bewohnt war. Eine Amsel, mit einem Blatt im Schnabel, fliegt auf einen Baum, also muß es früher andere Menschen gegeben haben. Ich kenne die Plätze, wo die Opfersteine liegen, das Moos durch die Haut der Steine gedrungen, die ersten Bühnen der Menschheit, und vorherrschend war dort die Angst vor dem Urerlebnis der inszenierten Tragödie; heute hingegen hat die Religion Priester und Schlächter vereint, und die Kunst findet keine Opfer mehr. Die Schlächter predigen im Wirtshaus von keiner Ewigkeit ergriffen vor sich hin und ich rede dagegen, dagegen, bis ich vom Stuhl falle, bis ich hinaus und heimzu krieche, schreiend wegen der Wahrheit und weil ich am Leben bin.

Und wenn das schon die Hölle ist, hier, wo wir leben? Vor was haben wir dann noch Angst? Daß der Teufel Krieg macht? Jeden Sonntagmorgen, noch vor dem Frühgottesdienst, kam der Priester ins Haus und schrie durch die Gänge, bekennt eure Sünden und ihr werdet das Ewige Leben erringen. An diesem Ort, hat einer der Männer erwidert, halte er nichts davon. Mein Vater hat ihm aufs Maul geschlagen und der Priester hat ihn mit mitternächtlichem Rosenkranzbeten bestraft. Und Gott mußte er danken zur Buße für die Arbeit im Park der Residenz, lange bevor das Fleisch seiner Mithäftlinge sich rühre. Auch ich bin ein Gefangener. Ich verlasse das Zuchthaus.

Verlasse es als Kind, als Erwachsener, verlasse es als freier Mann, als Auditeur, als Schriftsteller, aber da sind schon die Mauern der Stadt, die schattenerstickten Gäßchen Detmolds, in denen es nach Laub und sumpfig nach Moder riecht. Draußen vor der Stadt, steige ich die Hänge empor, greife mir ans Geschlecht, fasse ich diese Hitze, und der Himmel taumelt über mir wie eine Woge, grün bis auf den Grund. Ich liebe den Wald, ich liebe das Bier. Ich lache über die dummen Reden der Männer, lobe die Fürstin. Ich hätte das Zeug zu einem Beamten im Staatsdienst, ginge es nur um das liebe Geld und mir nicht um die Kunst, die meine Frau gegen mich aufbringt, meine liebe Frau. Es sind die Bürger, mit ihren glänzenden Gesichtern, die mich fragen, was, will er uns nicht mehr grüßen, Grabbe? Ist er blind? Oder stumm? Oder zu sehr in Gedanken? In welchen? Unsere Frauen haben sich beschwert: wie sollen die Kinder schlafen, wenn Herr Grabbe auf seinem Nachhauseweg krakeelt? Kein Benimm, dieser Mann, kein Laissez-faire, wie in Kulturnationen üblich, und dieser Mensch will gebildet sein? Grölt wie ein Student! Ich studiere das Leben. Es ist nicht viel da.

Die feinen Herrschaften werden in Droschken bis vor das Theaterportal chauffiert. Mit etwas Glück erkennt man ihre Gesichter beim Aussteigen. Sie kommen wegen der Musik, bei ihnen zählt nur, daß die Menschen auf der Bühne singen. Ich liebe den Nachtwind, er weht ihre Stimmen fort. Ich schreibe an einem Stück, wenn meine Frau schläft, meine liebe Frau, arbeite an einem Stück, in dem die Pferde durchgehn und Bürger und Sänger ihre Zungen verlieren, fortgeblasen vom Nachtwind. Es gibt keine guten Stücke, aber genausowenig gibt es gute Zuschauer. Das Theater gehört dem Hof. Es gibt keine Revolutionen mehr. Der Wirt gibt Credit und die Frau kocht nur noch für sich. Wenn ich schreibe, muß ich wenigstens nicht an sie denken. Sie ist älter und wird älter, ich aber, sagt sie, zunehmend häßlicher von Tag zu Tag. Obs unter Umständen dran läge, daß sich Genie mit Biergenuß nicht vertrüge? Ich schreibe Schweigen. Ich gehe spazieren. Ich blicke mir auf die Brust, bis die Stadt hinter mir liegt, bis ich nüchtern bin. Am Boden liegend, wächst in der Ferne das Gras über die Dächer. Einmal wird der Tag kommen, da alles wegen mir geschieht.

Als ich dann wenige Jahre über Dreißig war, verließ mich das Leben in der Stadt Detmold. Lange Zeit lag ich darnieder, ehe es so weit war. Mir schäumte die Leber im Bauch, giftige Säfte zersetzten mein Blut. Ich schrie vor Schmerz, aber Gott erhörte mich nicht und meine Frau schloß die Fenster, und ihr Schweigen, das nicht aus Hilflosigkeit und schon gar nicht aus Mitleidensbereitschaft bestand, drückte mich stark auf mein Lager, so daß mir erst recht alles wehtat, so daß ich weiterschrie, sinnlos, ich weiß; ich hörte den Lärm aus den Kneipen des nachts, hätte alles gegeben, um meine Stimme darunter erkennen zu dürfen, um aufzuwachen aus diesem Leben, hörte die Geräusche der Gasse, sah von meinem Bett aus die Köpfe der Leute durchs Fenster springen. Ich grüße sie. Ich schreie ihnen meine Grüße zu. An Arbeit ist nicht zu denken. Ich schreie mein letztes Stück. Meine Frau holt meine Mutter ins Haus, mich zu pflegen. Wenn die Zuschauer klatschen, werden ihre Hände zu Gold. Bis zuletzt träume ich vom Erfolg, diese Plage. Meine Frau und die Fürstin haben keinen Geschmack. Meine Zechkumpane werden vergebens auf Freikarten hoffen. Ich schreie in der Loge, ich schreie auf der Bühne, wenn ich mich vor dem Publikum verbeuge und die Ovationen entgegennehme; selbst die Kritiker applaudieren. Dann kommt der Arzt und zieht mir Sätze aus dem Kopf. Ich verdurste. Ein Bier zu trinken, das wäre der wahre Erfolg. Mein Schweiß riecht ranzig, das ganze Zimmer stinkt. Ich werde gepflegt, ich Narr meines Unglücks, von meiner alten Mutter; sie hat mir dies Fleisch gegeben, das sie jetzt versorgt. Ich schreie ihr Grüße zu. Ich ersticke an meinen Träumen, meine Träume sind mein

Unglück. Stets schwebte ich in Gedanken über der Liebe. Ein Heer, ein ganzes Heer auf der Bühne, ca. 15 Tausend Legionäre, die toten Sieger nicht mitgezählt, und Bäume, der ganze Teutoburger Wald, Fragment, im Kopf, im Frühling, im Kopf. An Arbeit ist nicht zu denken. Wenn die Anfälle abklingen, wenn meine Gliedmaßen auszucken, wenn in meinen Knochen das Blei erkaltet, denke ich an die Männer meiner Kindheit, erzähle meiner Frau von ihren Augen, wie sie sich verwandelten, sobald sie das Lachen der Damen im Schatten hörten. Sie ziehen an mir vorbei, sie lachen nicht über mich. Es sei eine Krankheit, die in der Luft herumfliege, sagt der Arzt, ernst und bei guter Pflege nicht hoffnungslos. Davon träume ich jetzt. Darüber schreibe ich später einmal. Wenn ich wieder Luft habe, ein Glas in der Hand. Heb mir bitte den Kopf, Mutter! Unsere Nachbarn, siehst du, kleiden sich schwarz. Warum lacht niemand auf der Gasse? Heute abend wird ein Stück von mir aufgeführt? So lange kann ich nicht wach bleiben, bis alle gekommen sind, um mir zu gratulieren. Mit was sollen wir denn anstoßen auf meinen Erfolg? Mit Freudentränen? Du lieber Gott, wir haben nicht genug geweint.

Und dann schließe ich die Augen, leicht
als sei es nur vorübergehend
lach der Liebe ins Gesicht.
Daß meine alte Mutter weint, das Wunder
ist geschehn, der Mond
fällt durchs Fenster, herein!
Fällt durch meine Augen.
Woher träume ich diesen Traum?
Stille, die von den Wänden perlt.
Ja, ich schweige, ich, Grabbe
schweige endlich, schweige ewig.
Kein Schrei, der dieses Fleisch durchwühlte

für das Gedeih, für das Verderb.
Ich war berühmt, ich habe
das Drama beherrscht, und geschrieben
für die Wälder ringsum, für all die toten
Krieger mit Körpern aus Zeit.
Ich, Grabbe, grüße nicht mehr.

Detmold, März 1988

Volker Braun

Der Teutoburger Wald

Die Hügel nahe sind entfernt vom Wetter
Naß die Fichten, keine drei Schritt vor mir
Wegtretend im Nebel, der Wanderweg
Empfiehlt sich in das Nichts. Glitschig am Fuß
Und waldursprünglich aus dem Hinterhalt
Geschichte, die Gräber im letzten Dickicht
Wie kauernde, in Reih und Glied, Soldaten
In Schlamm versinkend offnen Augs blind:
In meinem Alter mein Herr Vater fröhlich
Im Eilmarsch von Sachsen bis Niedersachsen
Verschossen in den Krieg, die Fahnenjunker-
Anwärter (auf dem Grab: Anwärter), er
Freiwillig meldet der sich, englische
In dem Gestrüppe! Tanks anschleichen, das
Am letzten Schlachttag, war sein Oster-
Denn Ostern wars, spaziergang in den Tod.
Die Vöglein schweigen im Walde, warte nur.
Was soll ich sagen, bald könnt ich sein Vater
Sein, und war einst vor was weiß ich viel Jahren
Mit vielen Brüdern um den Urmensch, eine
Idylle mit geladenem Gewehr
Auf der Veranda, das er uns erklärt
Vorweg, den äußerlichsten Mechanismus
Seines Ablebens. Und der Wald steht stur
Über den Gräbern, die auf Gräbern ruhn
Sinds Wurzeln oder Beine fleischlos kalt
Die mir ein Bein stelln und worauf ich geh
Mit meinem deutschen Bauch auf römischen Zehn
Die in Legionen knirschen unterm Schuh:
Die andre Schlacht wie gestern. Aus dem Laub
Im Hünenring die Freunde stochre ich

Auf in die Schlüfte, Armins Haubolde
(In Rochwitz unser Fleischer: Haubold, ja)
Drei Nächte sind wir, ausnahmsweise, einig
Aus Hängen sausend, und die Schlägertrupps
Aus Rom liegen ein Jahr den Krähen.
Von da bis heute alles Nebel hier
Das Denkmal selbst, Hermann mit Preußens Kraft
Unsichtbar in der Suppe. Das beweist nichts
Und nichts beweist was, Grabbe nebenan
Soff sich tot im Gasthof Zur Stadt Frankfurt
Nicht ohne daß er, die erfolgt war, die
Freiheit des Vaterlands für seine Fürsten
Und ihm blieb nur ein kaltes Weib, ein Giftzahn
Lorbeer auf sein Leichenhaupt und lebend
Ihn anpissen! besang. Das
Alles noch tief im Wald. In diesem Detmold
Im Pornofilm Thusnelda, sah ich, kaut
An Hermanns Schwert und war nicht seine Braut.

II

»Die zwergigte Krabbe«
Ein wüster deutscher Dichter

Paul Burg-Schaumburg

Grabbe

Grabbe, ein wüster deutscher Dichter, 1801 in Detmold geboren. Sein Vater verwaltete dort das Zuchthaus und das Leihhaus, wo sich schon dem Kinde düstere Bilder einprägten. Mörder waren sein erster Umgang. Schon als Schüler war er ein Wüstling, aber auch ein Genie, dem bereits auf der Schulbank ein tolles Revolutionsdrama gelang, wie sie damals kurz nach der französischen Revolution in der Luft lagen. Innen und außen völlig ungermanisch, mit allen Lastern renommierend, war er den Detmoldern ein Greuel, als Student in Leipzig und Berlin wurde er ein Süffel und Lump, versuchte sich als Schauspieler in Dresden, wurde in Detmold Advokat und versackte in einer unglücklichen Ehe mit der Tochter des ihm noch wohlgesinnten Archivrats Klostermeier, die der Säufer und Lüstling um alles Glück gebracht hat. Die Schnapskneipe war sein Asyl – kein guter Freund konnte ihn mehr retten: mit 35 Jahren hatte sich Christian Dietrich Grabbe totgesoffen, der mit 18 Jahren ein unbändiges Genie geoffenbart hatte, aber keinen Führer und Meister fand – der die Hände nach dem Faust ausstreckte, Hohenstaufendramen schaffen wollte. Was er und seine Stücke waren, ist mit einem einzigen Worte ausgedrückt: wüst-genialisch, und von ihm gilt das Goethewort: Er wußte sich nicht zu bezähmen, und so zerrann ihm sein Dichten wie sein Leben! Der Schnaps war sein Tod; es ist bezeichnend für ihn, daß er schon als Schüler, vom Lehrer in der Kneipe ertappt, nicht etwa ausriß, sondern sich frech noch fünf Schnäpse auf einmal reichen ließ und damit dem Lehrer zutrank. Schade um sein großes verlorenes Talent!

Karl Gutzkow

Grabbe war hier

Grabbe war hier – wahnsinnig u betrunken: ganz ruinirt. Er irrt wie ein Vagabond umher: ich beklage, ihn nicht mehr getroffen zu haben. Vielleicht ist er zu retten.

(Brief an Gustav Schlesier, Frankfurt, 16.1.1835)

Ludwig Bechstein

Nach dem Theater

[20. März 1835.]

Nach dem Theater brachten wir den Rest des Abends in Immermann's und Grabbe's, auch einiger anderer Literatoren Gesellschaft, zu. Grabbe ist auch in seiner äußern Erscheinung eine phantastische Groteske. Immermann hat dessen Persönlichkeit in dem *Reisejournal* so treffend mit wenigen kräftigen Zügen gezeichnet, daß ich Aehnliches gar nicht zu versuchen wagen will. Wenn man die kolossalen, oft genialen und shakespearisch-rohen Dramen von Grabbe gelesen hat, und nun deren Schöpfer sieht, so meint man nicht, daß es größere Kontraste geben könne. Dieser glühende feurige Poet ist so ängstlich bescheiden, daß er gar nicht von seinen Werken reden hören mag, und öfter bittet, das Gespräch doch lieber auf »andres dummes Zeug« zu bringen. Ich bin fest überzeugt, daß sein Charakter höchst achtungswerth und liebenswürdig ist, und daß sich keiner an das Launenhafteckige, scheinbar Unbeholfene, Aengstliche und doch Schroffe in seinem Aeußern stoßen soll. Kommt er im Gespräch in Feuer, so sprühen die genialen Gedanken wie Schwärmer umher.

Friedrich Hebbel

Ein entsetzliches Experiment der Natur

Welch ein Knäuel von Sittenlosigkeit und Bildungsunfähigkeit war dieser Grabbe; welch ein entsetzliches Experiment der Natur! Wenn nun ein Affe daneben steht und in Zukkungen und Grimassen eine neue Schönheits-Linie entdekken will, statt sie auf eine verborgene Krankheit zurück zu führen, so ist der Eindruck fast abscheulich. Ich weiß gar wohl, daß das Unglück manches Menschen schon vor der Geburt anfängt, und ich habe alles mögliche Mitleid mit Individuen, die zu viel haben, um resigniren zu können, und zu wenig, um es zu reinen oder auch nur characteristischen Bildungen zu bringen. Sie kämpfen einen schweren Kampf, und man soll sich hüten, leichtsinnig den ersten Stein auf sie zu werfen. Aber, wenn sie gar nicht versuchen, durch ethische Anstrengungen ein Gleichgewicht herbei zu führen, verwandeln sie dieß ursprüngliche Unglück in eine Schuld, und das scheint mir bei Grabbe sehr entschieden der Fall zu seyn.

(Brief an Friedrich von Uechtritz, Wien, 19.3.1855)

Christian Dietrich Grabbe

Schließen Sie die Tür zu!

RATTENGIFT *(am Fenster)*: Aber wer kommt dort noch mit der Laterne durch den Wald? Es scheint, daß er seinen Weg hieher richtet!

SCHULMEISTER *(ebenfalls am Fenster)*: O so schlage der Donner darein! Kommt mir der Kerl mit seiner Laterne noch spät in der Nacht durch den Wald, um uns den Punsch aussaufen zu helfen! Das ist der vermaladeite Grabbe, oder wie man ihn eigentlich nennen sollte, die zwergigte Krabbe, der Verfasser dieses Stücks! Er ist so dumm wie'n Kuhfuß, schimpft auf alle Schriftsteller und taugt selber nichts, hat verrenkte Beine, schielende Augen und ein fades Affengesicht! Schließen Sie vor ihm die Tür zu, Herr Baron, schließen Sie vor ihm die Tür zu!

GRABBE *(draußen vor der Tür)*: O du verdammter Schulmeister! Du unermeßlicher Lügenbeutel!

SCHULMEISTER: Schließen Sie die Tür zu, Herr Baron, schließen Sie die Tür zu!

LIDDY: Schulmeister, Schulmeister, wie erbittert sind Sie gegen einen Mann, der Sie geschrieben hat! *(Es klopft.)* Herein!

(Grabbe tritt herein mit einer brennenden Laterne.)

(Der Vorhang fällt.)

(Aus: »Scherz, Satire, Ironie und tiefere Bedeutung«)

Hanns Johst

Der Einsame

Siebentes Bild

(Der Ratskeller. Eine größere Wirtsstube. Mehrere Tischrunden voll praller Bürger. Kartenspieler. Tabak und fröhliches Gerede füllt den mit Kerzen und Span beleuchteten Raum. Rechts im Hintergrund in einer dunkleren Nische hockt Grabbe und schläft, bei einem Humpen Wein. Vorn links und rechts je ein runder Tisch. Links die Honoratioren, rechts die Zünfte.)

EIN STADTRAT: Prinzipiell – muß ich schon sagen, bin ich dagegen, daß wir die Faxerei der großen Städte da mitmachen und auf die Straßen Laternen stellen, die allen einen Haufen Geld kosten und nur den unsoliden und schlimmen Elementen dienen. Hat es der Mond oder ein Span Holz bis zum Jahre 1835 getan, werden sie es auch länger vermögen.

EIN ZWEITER STADTRAT: Man muß mit dem Fortschritt gehn!

ERSTER STADTRAT: Nichts für ungut. Fortschritt! Das Wort, man begegnet ihm heutzutage wie einer Seuche, ist mir ein arger Flohstich! – Da ist man zum Beispiel in Berlin auf die Idee gekommen, einem Dichter ein Denkmal zu setzen. Schwupps, hatten die anderen Städte nichts besseres zu tun, als diesen faulen Ableger des Berliner Witzes aufzunehmen, und herrlich sprossen nun im Lande solche Denkmäler auf wie die Pilze!...

DER BÜRGERMEISTER: Nun bis zum Denkmal hat's bei uns noch gute Weile! Gott sei Dank haben wir ja kein Genie geboren in unsrer Gemeinde, das uns jetzt solche Unkosten bereiten könnte... *(Von rechts aus dem Kartenspiel heraus)*

EIN LOHGERBER: Daß die Herren ein freies Wort nicht verübeln! Höre da gerade, wie der Herr Bürgermeister von einem Genie spricht – so wir nicht hätten! – Ist aber – mit Verlaub, nicht an dem!... Der Herr Bürgermeister vergaß, daß das Amt den Herrn Auditeur Grabbe abstieß – eben weil er ein Genie sei! ... *(Beide Tische lachen auf.)*

DER BÜRGERMEISTER: Das laß ich mir gefallen. Ein verständiger Einwand!

ERSTER STADTRAT: Zum Wohle, lieber Meister! Er hat Witz und Mutterwitz!!

EIN GOLDSCHMIED: Was hat es mit dem Grabbe auf sich?

LOHGERBER: Die ganze Stadt ist voll davon, und unser Meister ist ahnungslos wie weiland die Sara bei der Empfängnis ... *(rundes Gelächter)*

DER WIRT *(tritt von hinten her zwischen die Tische. Leise)*: Meine Herren! Da hinten sitzt er. Er hat nicht schlecht gezecht. Und wenn ihm der Wein aufstößt, lallt er große Worte, dann aber schläft er bald weiter ... Es ist ein Jammer um den Menschen! ...

EIN DRITTER STADTRAT: Ich hörte, er hat Bücher geschrieben, über die in manchen Blättern sogar geschwätzt werden soll.

DER WIRT: Freilich! Er hat immer alle Taschen voll Papier. Und wenn er ein Stück Zeit hat oder noch ein bissel nüchtern ist, dann kratzt er Blätter voll Gerede!.. Es ist ein Jammer um den Menschen!

EIN KAUFMANN: Was schreibt er denn in seinen Büchern, meine Herren?

ZWEITER STADTRAT: Dramen sind es. Meine Frau hat sich ein Buch spaßeshalber kommen lassen. Aber sie warf es nach den ersten Seiten weg. Es hieß »Scherz, Satire, Ironie« und war eine Schweinerei.

FAST ALLE: Was Sie sagen? ... Eine Schweinerei!?

ZWEITER STADTRAT: So ist es! ... Bei dem schießen die Zoten auf wie der Spargel! ... Meine Frau schämt sich heute noch, das Buch in der Hand gehabt zu haben.

LOHGERBER: Nun, wir sind hier allesamt Männer! Das wäre mal etwas anderes! Man müßte den Herrn Genie da bitten!... Das möchte eine Viecherei geben, einen fidelen Herrenabend, wie man so sagt! ...

DER BÜRGERMEISTER: Daß der Herr Gerbermeister immer die besten Einfälle hat... He! Wirt! Wie wär's? Mag Er ihn nicht bitten? Er soll uns ein Stück zum besten geben!...

DER WIRT: Ich weiß nicht recht...

DER ERSTE STADTRAT: Mache Er ihm Komplimente! Ein Saufaus und ein Dichter springen auf solches Futter wie geile Weiber!

DER WIRT: Ich will es versuchen. *(Während der Wirt zu Grabbe geht und während der folgenden Szenen sind vorn die Tische gespannt still und schauen nach rückwärts. Auch die anderen werden neugierig und stumme Zuschauer des Folgenden.)*

DER WIRT: Herr Auditeur! *(rüttelt Grabbe an den Schultern)*

GRABBE *(im Halbschlaf)*: Das Meer! Das Meer! ... Wie kann Er den Schlummer eines Gesalbten stören!?

DER WIRT: Herr Auditeur! Komme Er zu sich! ... Es gilt eine Bitte!

GRABBE: Eine Bitte? ... Das Wort habe ich vor lauter Forderungen, die man um mich herumstellte, lange nicht gehört. Schieße Er los, Wirt!

DER WIRT: Meine Gäste, da vorn! ... Lauter gebildete Herren, haben gehört, daß der Herr Auditeur ein Dichter sei. Und sie haben mir aufgetragen, daß ich Ihm sagen soll, ob Er ihnen nicht ein Stück vorlesen möchte! ...

GRABBE: Die Herren Bürger? ... Aha! ... Sollten ihnen langsam die Augen dennoch aufgehn? ... Sollten blinde

Sauen .. eine Eichel gefunden haben? Man bittet den Dichter Grabbe – um eine Vorlesung? Aha! Gottes Mühlen mahlen langsam! Sollte mein Ruf? … Ich habe tief geschlafen! … Vielleicht habe ich auch lange geschlafen! … Mein Paladin da, der Gerichtsdiener, scheint Sauerteig geworden zu sein! *(In die Stille von seinem Tisch aus)* Meine Herren! Ihre Bitte ehrt mich! … Selten wurde ein Prophet in seiner Vaterstadt gelten gelassen! … Sie machen meiner Vaterstadt alle Ehre!!

DER GOLDSCHMIED *(leise)*: Der Kerl spricht wie'n Kaiser!

GRABBE *(aufstehend, langsam nach vorn kommend, eitel und ein Stück beglückt)*: Ich bin bei Gott nicht dazu vorbereitet … Ich habe ein schlechtes Gewand an, aber das werden die Herren nicht sehen … Ich habe eben eine neue Tragödie konzipiert von Alexander dem Großen!

ERSTER STADTRAT: Ist das auch etwas Lustiges, Herr Auditeur?

GRABBE: Lustig? … Freilich! So erschütternd lustig, daß Ihnen die Tränen aus dem Herzen kollern sollen wie schlechte Erbsen!! Ich will sie nicht aufhalten! … So hören Sie denn! Nachbar! Einen Stuhl! Daß ich dem Lichte da näher bin! Und besser lese!

ALLE: Einen Stuhl, Herr Wirt! *(Der Wirt bringt einen Stuhl, Grabbe tritt darauf. Und während des Folgenden fällt immer mehr die Pose, die Eitelkeit von ihm ab, und er wird ganz einsam in seiner Sache. Er liest tiefst innerlich gepackt, äußerlich mit übertriebenen, komischen Gesten.)* Hier! *(Er hat aus seinen Taschen Blätter herausgewühlt und eine Szene gefunden, nach der er suchte; er liest.)*

ALEXANDER: Phalangen haltet! Hier der Hellespont!
Jenseits der Perser unermeßnes Reich!
DIE PHALANGEN: Wonach sieht er sich um?
ALEXANDER: Drei blut'ge Flecke rückwärts:
Dort Marathon, da Salamis, näher noch

Platää! Und noch ein Bergestor, das einst
Leonidas mit seinem Blut und Namen zierte,
Die Thermopylen!
– Und die Spartaner fehlen!
FELDHERREN VERSCHIEDENER VÖLKER:
Alle übrigen Hellenen ersetzen sie mit Blut.
ALEXANDER *(deutet auf den Hellespont)*: Den Faden
Durchschnitten, der da brausend Asien von
Europa trennt! Die Schiffe her! Wer aber kühn,
Der schwimmt, die Flut zertrümmernd, durch,
Wie ich, mit Helm und Panzer.
MAZEDONIER: Wird er Meergott? Ihm nach!!
BÜRGERMEISTER *(zum zweiten Stadtrat leise)*: Das ist nur reichlich langweilig, aber leider Gottes keine Schweinerei!

LOHGERBER: Etwas von Liebe, wenn ich bitten darf, Herr Dichter!

GRABBE: Liebe? Wartet! *(Er sucht wieder in seinen Blättern und ist ganz Erregung und Glaube.)* Liebe? Hier, Freunde! Hört! *(liest)*

ALEXANDER: Wenn ich dich liebe, Thais, glaub ich,
Es ist die Welt mit all den brennenden Gestirnen!
THAIS: König, flammt ich überm Haupt
Dir doch, wie die da! E i n e Flamme wird
Der Himmel!
Dann hier! Hört, Nachbarn, hört!
ALEXANDER: Siehst du den Ost erröten? Der
Ist meine Braut.
THAIS: Und ich?
ALEXANDER: Du bist ein Schimmer
Von seiner glühnden Wange.

– – – –

(Die Runden sitzen blöd und verlegen und hilflos.)

GRABBE *(schreiend):* Ja! ja! *(wie nach etwas Unsichtbarem greifend)* So ist es! Endlich! Ihr habt mir mit eurer Ergriffenheit zu einem Schluß dieses Werkes verholfen, Freunde! Wie ihn noch keine Tragödie sah! So soll er sterben, dieser Alexander! Oh, daß ich es fasse, wie ich es ehe! So muß er sterben! *(Psalmodiert aus sich heraus, ganz geistiges Gesicht, kreischend von visionärer Extase)*

ALEXANDER: Begrabt mich königlichst!

EIN PERSER: Verlaß dich drauf.

Und nun Alexander! Hört ihr? Und wie rückrufend aus steilem, wissendem Flug muß das klingen! Glockengewaltig klingen!

ALEXANDER: Doch meine rechte Hand hängt ihr aus dem Sarge,
Weiß, nackt, wie sie ist. Sie hat die ganze
Welt gefaßt, und nichts ist ihr geblieben!
(schluchzend) Und nichts ist ihr geblieben!

(Grabbe springt vom Stuhl, preßt die Blätter in seine Taschen und ohne einen Blick auf die Bürger stürmt er seltsam einsam zur Tür hinaus.)

GRABBE: Nacht! Sterne!! Daß ich nicht in ihrem ewigen Licht die Gnade fasse, die sich in mir erfüllt!

(Pause)

(Die Bürger gucken einander verdattert an.)

ERSTER STADTRAT: Komisch war das ja sicher! Aber um die Zoten sind wir entschieden gekommen!

DER BÜRGERMEISTER: Der Kerl hat uns zum Narren gehabt mit seinem Gewäsch da und Getue!

DER WIRT: Er war eben schon wieder ein Stück zu sehr bezecht, meine Herren! Dann ist nicht viel Gescheites mehr aus ihm herauszuholen!

DER LOHGERBER: Nun, man muß sich auch mal ein Stück Zeit unnütz um die Ohren geschlagen haben! Nehmen wir unser Spielchen wieder auf.

DER GOLDSCHMIED: Ich weiß nicht, was ihr wollt! Das war doch köstlich! Wenn das nicht zum Quieken war! Kein Zauberkünstler kann soviel Faxen machen und so ununterbrochen Unsinn schwätzen.

ZWEITER STADTRAT: Da hat nun wieder der Herr Goldschmied recht!

(Behagliches, glucksendes Lachen von Allen.)

(Aus dem Dunkel hat sich ein verlumpter Mensch gelöst, der mit großen Augen Hörer war. In das verhaltene Lachen hinein.)

DER VERLUMPTE MENSCH: Da war ein Ton in dem!! Ein Ton!

Dem bin ich noch in keinem Instrument begegnet. Und aus keiner Melodie hat er mir geklungen. Ich will suchen, daß ich den Ton halte! Diesen Ton! Diesen unendlichen Ton!

(Torkelt zur Tür, während der Vorhang fällt.)

Bertolt Brecht
Baal

Speisezimmer
Mech, Emilie Mech, Pschierer, Johannes Schmidt, Dr. Piller, Baal und andere Gäste kommen durch die Flügeltür.

MECH *zu Baal:* Wollen Sie einen Schluck Wein nehmen, Herr Baal?

Alles setzt sich, Baal auf dem Ehrenplatz.

MECH: Essen Sie Krebse? Das ist ein Aalleichnam.

PILLER *zu Mech:* Es freut mich, daß Herrn Baals unsterbliche Gedichte, die Ihnen vorzulesen ich die Ehre hatte, Ihres Beifalls würdig schienen. *Zu Baal:* Sie müssen Ihre Lyrik herausgeben. Herr Mech zahlt wie ein Mäzen. Sie kommen aus der Dachkammer heraus.

MECH: Ich kaufe Zimthölzer. Ganze Wälder Zimthölzer schwimmen für mich brasilianische Flüsse abwärts. Aber ich gebe auch Ihre Lyrik heraus.

EMILIE: Sie wohnen in einer Dachkammer?

BAAL *ißt und trinkt:* Klauckestraße 64.

MECH: Ich bin eigentlich zu dick für Lyrik. Aber Sie haben einen Schädel wie ein Mann in den malaiischen Archipels, der die Gewohnheit hatte, sich zur Arbeit peitschen zu lassen. Er arbeitete nur mit gebleckten Zähnen.

PSCHIERER: Meine Damen und Herren. Ich gestehe es offen: es hat mich erschüttert, einen solchen Mann in so bescheidenen Verhältnissen zu finden. Sie wissen, ich entdeckte unseren lieben Meister in meiner Kanzlei als einfachen Inzipienten. Ich bezeichne es ohne Furcht als eine Schande für unsere Stadt, derartige Persönlichkeiten für Tagelohn arbeiten zu lassen. Ich beglückwünsche Sie, Herr Mech, daß Ihr Salon die Wiege des Weltruhms dieses Genies, jawohl Genies, heißen wird. Ihr Wohl, Herr Baal!

Baal macht eine abwehrende Geste; er ißt.

PILLER: Ich werde einen Essai über Sie schreiben. Haben Sie Manuskripte? Ich habe die Zeitungen hinter mir.

EIN JUNGER MANN: Wie machen Sie nur diese verfluchte Naivität, lieber Meister? Das ist ja homerisch. Ich halte Homer für einen oder einige hochgebildete Bearbeiter mit penetrantem Vergnügen an der Naivität der originalen Volksepen.

EINE JUNGE DAME: Mich erinnern Sie eher an Walt Whitman. Aber Sie sind bedeutender. Ich finde das.

EIN ANDERER MANN: Dann hat er aber eher etwas von Verhaeren, finde ich.

PILLER: Verlaine! Verlaine! Schon physiognomisch. Vergessen Sie nicht unsern Lombroso.

BAAL: Noch etwas von dem Aal, bitte.

DIE JUNGE DAME: Aber Sie haben den Vorzug größerer Indezenz.

JOHANNES: Herr Baal singt seine Lyrik den Fuhrleuten vor. In einer Schenke am Fluß.

DER JUNGE MANN: Du lieber Gott, Sie stecken alle Genannten ein, Meister. Die existierenden Lyriker können Ihnen nicht das Wasser reichen.

DER ANDERE MANN: Jedenfalls ist er eine Hoffnung.

BAAL: Noch etwas Wein, bitte.

DER JUNGE MANN: Ich halte Sie für den Vorläufer des großen Messias der europäischen Dichtung, den wir auf das Bestimmteste für die unmittelbar allernächste Zeit erwarten.

DIE JUNGE DAME: Verehrter Meister, meine Herrschaften. Erlauben Sie, daß ich hier aus der Zeitschrift »Revolution« ein Gedicht vorlese, das Sie ebenfalls interessieren wird.

Sie erhebt sich und liest:

Der Dichter meidet strahlende Akkorde.
Er stößt durch Tuben, peitscht die Trommel schrill.

Er reißt das Volk auf mit gehackten Sätzen.
Die neue Welt
Die Welt der Qual austilgend,
Insel glückseliger Menschheit.
Reden. Manifeste.
Gesänge von Tribünen.
Der neue, der heilige Staat
Sei gepredigt, dem Blut der Völker, Blut von ihrem Blut,
eingeimpft.
Paradies setzt ein.
– Laßt uns die Schlagwetter-Atmosphäre verbreiten!
– Lernt! Vorbereitet! Übt euch!
Beifall.

DIE JUNGE DAME *hastig*: Erlauben Sie! Ich finde noch ein anderes Gedicht in dieser Nummer.

Sie liest:
Sonne hat ihn gesotten,
Wind hat ihn dürr gemacht,
Kein Baum wollte ihn haben,
Überall fiel er ab.

Nur eine Eberesche,
Mit roten Beeren bespickt,
Wie mit feurigen Zungen,
Hat ihm Obdach gegeben.

Und da hing er mit Schweben,
Seine Füße lagen im Gras.
Die Abendsonne fuhr blutig
Durch die Rippen ihm naß,

Schlug die Ölwälder alle
Über der Landschaft herauf,
Gott in dem weißen Kleide
Tat in den Wolken sich auf.

In den blumigen Gründen
Singendes Schlangengezücht,
In den silbernen Hälsen
Zwitscherte dünnes Gerücht.

Und sie zitterten alle
Über dem Blätterreich,
Hörend die Hände des Vaters
Im hellen Geäder leicht.

Beifall.

RUFE: Genial. Dämonisch und doch geschmackvoll. Einfach himmlisch.

DIE JUNGE DAME: Meiner Meinung nach kommt das dem baalischen Weltgefühl am nächsten.

MECH: Sie müßten reisen. Die abessinischen Gebirge. Das ist was für Sie.

BAAL: Aber zu mir kommen sie nicht.

PILLER: Wozu? Bei Ihrem Lebensgefühl! Ihre Gedichte haben sehr stark auf mich gewirkt.

BAAL: Die Fuhrleute zahlen was, wenn sie ihnen gefallen.

MECH *trinkt:* Ich gebe Ihre Lyrik heraus. Ich lasse die Zimthölzer schwimmen oder tue beides.

EMILIE: Du solltest nicht so viel trinken.

BAAL: Ich habe keine Hemden. Weiße Hemden könnte ich brauchen.

MECH: Sie machen sich nichts aus dem Verlagsgeschäft?

BAAL: Aber sie müßten weich sein.

PILLER *ironisch:* Mit was, meinen Sie, könnte ich Ihnen dienen?

EMILIE: Sie machen so wundervolle Gedichte, Herr Baal. Darin sind Sie so zart.

BAAL *zu Emilie:* Wollen Sie nicht etwas auf dem Harmonium spielen?

Emilie spielt.

MECH: Ich esse gern mit Harmonium.

EMILIE *zu Baal:* Trinken Sie, bitte, nicht so viel, Herr Baal.

BAAL *sieht auf Emilie:* Es schwimmen Zimthölzer für Sie, Mech? Abgeschlagene Wälder?

EMILIE: Sie können trinken, so viel Sie wollen. Ich wollte Sie nur bitten.

PILLER: Sie sind auch im Trinken vielversprechend.

BAAL *zu Emilie:* Spielen Sie weiter oben! Sie haben gute Arme.

Emilie hört auf und tritt an den Tisch.

PILLER: Die Musik selbst mögen Sie wohl nicht?

BAAL: Ich höre die Musik nicht. Sie reden zuviel.

PILLER: Sie sind ein komischer Igel, Baal. Sie wollen anscheinend nicht verlegt werden.

BAAL: Handeln Sie nicht auch mit Tieren, Mech?

MECH: Sind Sie dagegen?

BAAL *streichelt Emiliens Arm:* Was gehen Sie meine Gedichte an?

MECH: Ich wollte Ihnen einen Gefallen tun. Willst du nicht noch Äpfel schälen, Emilie?

PILLER: Er hat Angst, ausgesogen zu werden. – Ist Ihnen für mich noch keine Verwendung eingefallen?

BAAL: Gehen Sie immer in weiten Ärmeln, Emilie?

EMILIE: Jetzt müssen Sie mit dem Wein aber aufhören.

PSCHIERER: Sie sollten mit dem Alkohol vielleicht etwas vorsichtig sein. Schon manches Genie …

MECH: Wollen Sie nicht noch ein Bad nehmen? Soll ich Ihnen ein Bett machen lassen? Haben Sie nicht noch was vergessen?

PILLER: Jetzt schwimmen die Hemden hinunter, Baal. Die Lyrik ist schon hinuntergeschwommen.

BAAL *trinkt:* Warum die Monopole? Gehen Sie zu Bett, Mech.

MECH *ist aufgestanden:* Mir gefallen alle Tiere des lieben Gottes. Aber mit dem Tier kann man nicht handeln. Komm Emilie, kommen Sie, meine Herrschaften.

Alle haben sich empört erhoben.

RUFE: Herr! Unerhört! Das ist doch … !

PSCHIERER: Herr Mech, ich bin erschüttert …

PILLER: Ihre Lyrik hat auch einen bösartigen Einschlag.

BAAL *zu Johannes:* Wie heißt der Herr?

JOHANNES: Piller.

BAAL: Piller, S i e können mir altes Zeitungspapier schicken.

PILLER *im Abgehen:* Sie sind Luft für mich! Für die Literatur sind Sie Luft.

Alle ab.

DIENER *herein:* Ihre Garderobe, mein Herr.

Christian Dietrich Grabbe

An den Kronprinzen von Preußen

Von aller Welt verlassen, immer mehr in die tiefste Hülfslosigkeit versinkend, erhebe ich meine scheue Stimme zu der Gnade Ew. Königlichen Hoheit.

Die Strafe meiner Lügen auf mein Haupt, wenn an den folgenden Tatsachen etwas Unwahres ist: ich bin von ziemlich armen Eltern in Lippe-Detmold geboren; sie waren schwach genug, mich auf das Gymnasium zu schicken, und ahnten nicht, daß die Weisheit des Gelehrten nur in der Form sich von der eines Schusters unterscheidet; ich überflügelte bald in den Wissenschaften nicht nur meine Mitschüler, sondern auch manche meiner Lehrer, und glaube noch jetzt ex tempore mich einer fast schrankenlosen Prüfung unterwerfen zu können; da aber mein Geist bei seinem inneren Wachstume sich auch äußerlich entfalten mußte und dies im jugendlichen Übermute auf eine vielleicht zu gewaltsame Weise geschah, so konnten meine ein wenig kleinstädtischen Landsleute das nicht fassen, und ich merkte, daß es um meine lippische Laufbahn getan war; weil ich indes einmal angefangen hatte, so durfte und konnte ich nicht sogleich wieder aufhören, und ich eilte nach Leipzig, um daselbst die Rechte zu studieren, welches ich denn auch so redlich getan habe, daß ich mich vor keinem Examen zu fürchten brauche; jetzt hatten jedoch meine unglücklichen Eltern das letzte Geld für mich aufgewendet, und da ich bei meinen schlechten Aussichten in der Heimat, kein andres Mittel wußte, so schrieb ich in meinem Schmerze ein Trauerspiel, für welches ich wegen seiner Sonderbarkeit einen hohen Preis zu erhalten dachte; aber obwohl bloß wegen dieses Stükkes bedeutende Männer auf mich aufmerksam geworden sind und selbst Briefwechsel mit mir angefangen haben, so fehlte es mir bis auf Hut und Schuhe an allem Äußeren, um es einem anständigen Verleger auf die gehörige Weise anzubieten; da übermannte mich die ausgelassenste Lustigkeit, und ich schrieb mit einem abgebrochenen Schwefelhölzchen, welches ich in Ermangelung einer Feder in die Tinte tauchte, das Lustspiel nieder, welches ich als Probe meines Talentes hier beizulegen wage. Jetzt galt es aber, meine letzten Kräfte für meine Erhaltung aufzubieten, und ich erinnerte mich meiner Anlage für die Schauspielkunst, die so groß zu sein scheint, daß es märchenhaft lautete, wenn ich ohne einen näheren, persönlichen Beweis davon sprechen wollte; ich eilte also voll sicherer Hoffnung nach Berlin und – konnte es daselbst nicht einmal so weit bringen, daß ich zu irgend einer kurzen Probedarstellung im Zimmer gelassen wurde!

Ew. Königliche Hoheit haben nun gewiß schon ersehen, was ich für ein Mensch bin. Viele nannten mich genial, ich weiß indes nur, daß ich wenigstens *ein* Kennzeichen des Genies besitze, den Hunger.

Nochmals erhebe ich meine Stimme zu Ew. Königlichen Hoheit!

III

»Wir schaffen aus Ruinen«
Helden und Historien

Christian Dietrich Grabbe

An Wolfgang Menzel

Hochgeehrtester Herr!

Die jetzige Zeit wirkt trefflich auf mich ein. Es ist juristisch erweislich, daß am selben Morgen als ich die lieben Ordonnanzen des zehnten Karls las und ihre Folgen für Frankreich ahnte, mir die Gicht aus den Füßen fuhr. – Warum, weiß ich nicht recht. – Oder, sollt es sein, verdauen wir endlich 6000 Jahre Weltgeschichte? – – Alle Staatsrevolutionen helfen aber doch nichts, wenn nicht auch jede Person sich selbst revolutioniert i. e. *wahr* gegen sich und andere wird. Darin steckt alle Tugend, alles Genie. Ist das toll von mir gedacht?

Ich habe ein schweres Jahr gehabt. Die große Weltzeit hat eine kleine Vorzeit nicht ganz für mich verdrängen können – die Gicht ist fort, aber Nervenschläge treffen mich doch noch zirka alle 4 Wochen mit schauderhafter Kraft. Dabei, als hiesiger Auditeur, Militärgeschäfte mehr als je. – Verzeihen Sie daher wilde Briefe, um so mehr als Briefe doch das hin und herspringende Gespräch ersetzen müssen und vielleicht so besser sind, je mehr sie sich der Unbefangenheit der persönlichen Unterredung nähern.

Mein ›Napoleon‹ ist in vollem Druck. Ich habe beinah zuviel in ihm vorausgesagt, soviel, daß, als die Begebenheiten rascher waren wie Abschreiber und Setzer, ich, um kein zu arger Prophet ex post zu sein, manches streichen mußte. Mein Verleger wird Ihnen das erste Exemplar schicken.

Sie wünschen mich populärer. Mit Recht. – Aber theatralischer? der Manier des jetzigen Theaters entgegenkommender? – Ich glaube, unser Theater muß dem Poeten mehr entgegenkommen. Das tut es aber weder durch Eröffnung pekuniären Gewinnstes noch durch Darbietung tüchtiger Künstler. Wäre an das Schauspiel das gewendet, was in der letzten Sirupszeit an die Oper verschwendet ist, es ließe sich sogar ein ›Gothland‹ aufführbar machen. Übrigens ist auch (natürlich nach meiner Einzelmeinung) das Drama nicht an die Bretter gebunden, – der geniale Schauspieler wirkt durch etwas ganz anderes (NB. das »ganz andere« ist ein ekelhafter vager Ausdruck, – zu sagen, was ich damit meine, erfordert aber wohl scharf gewählte Worte, und das Auswählen würde diesen Brief um Wochen verzögern, oder 6 Seiten voll ungeordneter Gedanken, und die liefre ich nicht gerne. Hoffentlich einmal die Worte) als der Dichter, und das rechte Theater des Dichters ist doch – die Phantasie des Lesers. Die ›Eumeniden‹, die ›Sakuntala‹, der ganze Shakespeare und unsere Zeit, die der Bühne über den Kopf wächst, beweisen es vielleicht. Vielleicht, – denn Sie scheinen anders zu denken, und das hätte mich bei jedem stutzig gemacht, bei Ihnen macht es mich nachdenklich und zweifelhaft.

Dank für Abdruck der Aschenbrödeleien, und moralisch und literarisch wird mir jedes Lob und jeder Tadel von Ihnen willkommner sein als ich sagen mag. – Ich hatte im Juni v. J. über Goethes und Schillers Waschzettel-Wechsel eine breite Abhandlung geschrieben, in der aber nun manches zu spät, manches unzeitig sein mag. Können Sie es gebrauchen, steht's zu Dienst.

Verzeihung für das wüste Aussehen dieses Briefes. Ich vergaß im Eifer, daran zu denken, und hochachtungsvoll bin ich

Detmold, den 15.Januar 1831.

Ew. Wohlgeboren ergebenster

Grabbe.

Christian Dietrich Grabbe

Don Juan und Faust

Rom. Zimmer des Doktor Faust auf dem Aventin. Eine Lampe brennt.

FAUST *(erhebt sich vom Schreibtische):*
Unselge Nacht, willst du denn nimmer enden?
– Weh mir, sie hat erst eben angefangen –
Noch schlugs kaum elf. Zurück zur Arbeit also.
– – Zur Arbeit! Zum Studieren! Schmach und Jammer!
Tödlicher Durst und nie gestillt! Sandkorn
Zum Sandkorn sammeln, grenzenlose
Und immer grenzenlosre Wüsten um
Sich her zu bauen, und sodann darin
Sich lagern, schmachtend und verzweifelnd! – Ha,
Ein *Raubtier* wird man, bloß um sich zu *nähren*!
Empfindungen, Gedanken, – Herzen, Seelen –
Den Menschen und das Leben, – Welt und Götter,
Ergreift es und erwürgt es sich zur Beute,
Und schreit vor Zorn und Hunger, wenn es kaum
Zehn Tropfen Bluts in ihren Adern findet.
– Wer hat gestrebt wie ich? Wo ist der Pfad
Der Kunst, der Wissenschaft, den ich nicht schritt?
Weit ferner, kühner (ohne Rühmen darf
Ichs sagen) drang ich darauf fort als all
Die Herren, die beim ersten Meilenstein
Umkehren, voll von ihrer Reise Wundern,
Und als gelehrte, selbstzufriedne Toren,
Von größern Toren angestaunt, sich brüsten!
– Ich aber wanderte und wanderte –
Es blieb die Sonne hinter mir zurück,
Und nur ein paarmal merkt ich, daß sie trübe,
Fast wie ein rotgeweintes Mutterauge,

Mir durch die Nebel nachsah. Weg mit ihr!
Es war ein schönres Licht, nach dem ich suchte!
Und schau, da ist das Ziel: vor mir der Abgrund,
In den die Ströme der Gedanken, des
Gefühles, brausend niederschäumen, ohne Rückkehr,
In dessen Brodem sich des Zweifels Hyder,
Mit roter Zunge giftig flammend, windet
Und mästet! –
Golgatha,
Du Schädelstätte, wo das Licht der Welt
Der Todesnacht sich hingab, daß es sie
Verkläre – Auch *dein* Strahl dringt nicht hieher!
– Du großes Buch, du Bibel (Fels des Glaubens sagt man),
Von Varianten voll und Doppelsinn,
Voll Weisheit und voll sonderbarer Sprüche,
Mit keinem sichren Laubdach überwölben
In diesem dunklen Sturm mich deine Blätter;
Welk, trocken, fallen sie wie Laub des Herbstes,
Und wenn ichs nicht im *Innern* spüre, führen
Nicht tausend Bibeln, tausend Paradiese,
Nicht alle Ewigkeiten mich zum Heil! –
– – O, welche Flammenschrift brennt mir im Haupte?
»Nichts glauben kannst du, eh du es nicht *weißt,*
»Nichts wissen kannst du, eh du es nicht *glaubst!*«
Kein irdscher Geist, der dieses Rätsel ahnt,
Und nicht nach seiner Lösung seufzte, – Keiner,
Der sie gefunden, – Selig die, die schwach
Genug sind, um vom Schein geblendet, Schein
Für Licht zu halten, – blindlings glauben, weil
Sie blindlings hoffen! Die schlaftrunknen Seelen!
– Doch lieber will ich unter Qualen bluten,
Als glücklich sein aus Dummheit! – Erdball, Boden,
In dem ich wurzeln muß, der mich geboren –
Ein *ausgerißner, ausgedorrter* Stamm
Bin ich, wenn ich in *deinem* Mark den Fuß

Nicht fassen, Kraft und Freude nicht draus ziehn kann,
Wenn ich entwurzelt mich in jenen Abgrund,
Der bläulich über unsren Scheiteln dämmert,
Voll der bigotten Hoffnung stürzen soll,
Daß dort in wüster Unermeßlichkeit
Und Ferne, aufzufinden sei, was ich
Im nahen, engen Raum nicht finde!
Nah!
Was ist mir näher als das *Vaterland*?
Die *Heimat* nur kann uns beseligen,
Verräterei, die Fremde vorzuziehn!
Nicht *Faust* wär ich, wenn ich kein *Deutscher* wäre!
– O Deutschland! Vaterland! Die Träne hängt
Mir an der Wimper, wenn ich dein gedenke!
Kein Land, das herrlicher als *du*, kein Volk,
Das mächtger, edler als wie *deines*! Stolz
Und stark, umkränzt von grünen Reben, tritt
Der Rhein dem unverdienten Untergang
In Niederlandens Sand entgegen, – kühn
Und jauchzend, stürzt die Donau zu dem Aufgang –
Unzählge deutsche Adern rollen grad
So stolz und kühn als Deutschlands Ströme! – Schau,
Hoch über dem eiszackigen Gebirg
Tirols, erhebt der Adler sich zur Sonne,
Als wäre da sein heimatlicher Horst, –
Die Berge schrumpfen unter seinem Blick
Zu Stäubchen ein, – tief unten aber in
Tirols beengten Tälern, schlägt für Kaiser
Und für Ehre manches Herz weit höher als
Der Adler wagt zu steigen –
Selbst dies Rom,
Wer wars der diesen Käfig brach, in dem
Die Nationen römisch erst, und dann
Papistisch siegen lernten? Ha, hier war es,
Wo Alarichs, des gotischen, wo Karls,

Des fränkschen Landsmanns, wo der Hohenstaufen
Siegsrauschende Paniere flatterten,
Geliebkost von der heißen Luft, die einst
Die Kön'ge tötete!
Hier ist es, wo
Sankt Peters Kuppel sich emporgewölbt,
Den Blick der Menschheit ins Endlose auf-
Zufangen, – schmählich jetzt geborsten vor
Dem Donnerrufe, der aus Wittenberg,
Aus meiner Vaterstadt, aus Luthers Munde,
All meiner Zeitgenossen größten, über
Die Alpen furchtbar herklang!
– Und – doch o doch! –
Auch Luther, du! den *Wahn* hast du verjagt,
Zermalmt, zernichtet hast du wie der Blitz,
Nur etwas *andres, Wahrheit*, die besteht,
Beruhigt, hast du nicht gegeben – Offner
Als je tut sich vor dem enttäuschten Auge
Die Tiefe auf – Zertrümmern, mit den Trümmern
Ein Trümmerwerk erbaun, das kann der Mensch,
Das kann er mit den Körben oder Eimern,
Durch die er Stein zum Steine, Tropfen trägt
Zum Tropfen, die er Kunst und Wissenschaft
Benennt!
Aus *Nichts* schafft Gott, wir schaffen aus
Ruinen! Erst zu Stücken müssen wir
Uns schlagen, eh wir wissen, was wir sind
Und was wir können! – Schrecklich Los! –
– Doch sei's!
Es fiel auch mir und folg ich meinen Sternen! –
Deutschland! Vaterland! – und nicht einmal
Im Schlachtfeld könnt ich für dich kämpfend fallen –
Du bist Europas Herz – ja ja, *zerrissen*,
Wie nur ein *Herz* es sein kann!
– – *Roma* du!

Dem Vaterland entfloh ich, als es mich
Nicht konnt befriedigen, – Ich floh zu dir,
In mir *die ganze Menschheit* aufzunehmen,
Und mich in dem Genuß zu sättgen, – denn
Du Rom! bist der zerbrochne Spiegel der
Umfassendsten Vergangenheit, und Heldenbilder,
Im Glanz des Blutes der Nationen und
Der eingebornen Bürger funkelnd, tauchen
Aus dieses Spiegels Scherben mehr und mehr,
Je tiefer man hineinblickt, gleich den Sternen Aus dunk-
ler Nacht! – Du bist die Stadt, wo sich
Im Augenblick Jahrtausende verschmelzen:
Papst auf dem *Kapitol*, und auf dem *Pantheon*
Efeu von gestern!
Roma, Herrscherin
Der Welt! Weh, dreimal Weh ihm, der gleich mir
Zu dir gekommen, daß du ihn erhebest!
Die Reiche alle sanken hin vor dir zu Staub –
– *Warum*? weiß niemand! Denn du warst nicht *besser*
Als sie! – Und als dein Schwert nun alles
Dir errungen, *fielst* du auch mit allem wieder
In Nacht und Barbarei – Aus dieser quoll
Ein *neues* Blut, ein *neues* Licht hervor, –
Umsonst hast du gestritten und gewürgt –
Der Klang nur von zerrißnen Geistesfesseln,
Die du um halb Europa wandest, ist
Geblieben – Frankreichs, Spaniens,
Italiens Sprachen!
Haben denn die Schlachten,
Hat der Ruin der Völker nur den Zweck
Von Märchen, die erfunden zur Belehrung?
Sind Welt*begebenheiten* weniger
Als Welt*geschichte?* Jammer über uns!
Denn die Geschichte hat die Menschheit nie
Gebessert! – Nur ein Don Juan vermag

Inmitten unter der Zerstörung Lava
An *Millionen* Blumen sich vergnügen,
Und nicht bedenken, daß es *viele* zwar,
Doch alle auch *vergänglich* sind, – daß wohl
Zerstreuung, aber keine Sicherheit
Und Ruhe da zu finden, wo die Eine,
Die Unverwelkliche nicht blüht! –
So sei's denn!
Länger ertrag ichs nicht! Ich sucht die Gottheit,
Und steh am Tor der Hölle – doch *noch* kann
Ich weiter schreiten, weiter stürzen, wär
Es auch durch Flammen – Ziel, ein Endziel muß
Ich haben! – Gibt es einen Pfad zum Himmel,
So führt er durch die Hölle, mindestens
Für mich –
Wohlan, ich wag es!

Christian Dietrich Grabbe

An Georg Ferdinand Kettembeil

Bester Freund!

Du lieber Gott, wir werden mit unseren Sachen viel erleben, viel Tadel, viel Lob, viel Unverstand, – scio, – aber vor den Kopf schlagen wir doch. – Daß Buchdrucker, Setzer sich allmählich belehren, freut mich, – wir wollen das Volk auf die Letzt schon proben. Die liebe Nannette; ich gebrauche sie als eine Hure, sie zieht die Narren an. – Westfalens Schriftsteller und Journalisten kriege ich allmählich auf die Seite, Hrn. Glanzow oder Pustkuchen darunter. Tiecks Brief ist eine gute Ouvertüre, meine Glossen und Vorreden sind aber auch obligat. – Der ›Gothland‹ ist freilich sehr hart, – die Leute irren sich aber, wenn sie die ›Nannette‹ weicher glauben, – Leben und Liebe ist darin wie eine Seifenblase behandelt, v. das Ende. Ich werde aber fortan mit mehr Kunst die Natur verhüllen und um so eher vielseitig werden, als Furcht vor Langeweile mich dazu zwingt. Mr. Gothland ist in der Handlung reine Erfindung, obwohl ich, eh ich ihn begann, aus angeborener Liebe nordische Natur und Geschichte studiert hatte. Es gibt in der nordischen Historie einen *Erik Blutaxt*, – der möchte in einigen Punkten an Gothland erinnern. – Die Versicherung, daß die Stücke Ende dieses Monats gedruckt sein werden, ist mir sehr lieb, – ich bitte, wenn Du auch nach anderen Orten später versendest, mich und die Meiersche Buchhandlung in Lemgo vorwegzunehmen. Ich schlage gern 2 Fliegen mit einer Klappe – unser Theater, welches zwar schlecht ist, aber doch dem weil. Leipziger de 1820 pp. nicht nachsteht, und sicherere Fonds hat, ist eröffnet. – Seine größte Schützerin ist unsere Fürstin, diese soll sich aber sehr der Geburt eines Kindes nahen, – vor diesem Zeitpunkte möchte ich losrücken. Es bedarf nur wenigen Steinbrechens, – die Hrn. u. Mds. Schauspieler beben schon vor meinen Kontrollen, sie können in Westfalen ohne meinen Edelmut nicht ruhig existieren.

Willst Du die Sachen brochieren lassen? So zeig das ja in der Ankündigung mit einem »geheftet« an. (»Broch.« versteht mancher nicht.)

»Zäh und kühn« mein Wahlspruch, auf die Beine kommen wir. Besseres, immer Besseres zu liefern, ist für einen Menschen, der sich selbst kennt, auch nichts Großes. Selbstkenntnis ist eine Landkarte, worin die Berge verzeichnet sind, in denen die Metallgruben liegen. Jeder Mensch hat so viel Talente als der andere in sich verborgen, – er muß nur wissen, wie und wann er sie zutage bringt. Die Menge ist eine Bestie, – darum *imponiert.* – Sieh, lieber Freund, ich wollte Dir schnell antworten, muß aber jetzt kurz schließen, es schlägt 9 Uhr, und die Post rückt ab. Wenn ich nur gut zusiegle, – das ist meine Force nicht. Nur bitte ich Dich, meiner nicht zu vergessen, sondern zu denken an Deinen Freund,

den treuen alten Grabbe oder sep. + b.

Detmold, den 23. Sept. 1827.

Christian Dietrich Grabbe

Herzog Theodor von Gothland

GOTHLAND: Ich hab es an mir selbst erfahren! Ich
War kriegerischen Sinnes, aber *edel!*
Mein Herz schlug leidenschaftlich für
Die Freundschaft und die Bruderliebe – (gibt
Es reinere Empfindungen? und doch
Sind *sie* es, welche mich zum Abgrund rissen!)
Mein Höchstes war Gerechtigkeit und nichts
Verhaßtres kannt ich als den Brudermord –
Das wußt das Schicksal, grade damit fing
Es mich: es ließ den einen Bruder sterben, – rief
Den Neger her aus Äthiopien und
Verband sich mit dem Buben wider mich, –
Es gab ihm Macht mich zu umstricken, – ließ
Kometen leuchten, mich zu täuschen, – ließ,
Als ich dem Bruder gegenüberstand,
Ihn selbst, die Gegenwärtigen,
Die Donner zeugen wider ihn, – trieb so
Unwiderstehlich mich zum Brudermord,
Und häufte seine Bosheit auf das Höchste,
Indem es mit dem Trost der Reue mir
Die Hoffnung auf die Umkehr und
Die Beßrung nahm; denn nimmer kann
Ich eine Tat bereun, die durch
Mein feindliches Geschick, und nicht durch mich
vollbracht ist!
– So liege ich nun da, gescheitert an
Dem Strand der Hölle, – rettungslos auf ewig!
Gleich einem Schiffer, welcher von
Dem Malstrom unaufhaltsam aus
Der heißen Zone hingeschleudert ward
An Islands Eisgebirge! –

Wie das Meer,
So wird das All von einem Malstrome
Durchströmt, – einmal muß jedes, was da ist,
Ihn kreuzen, aber keins vermag es, – so
Gehn denn die Millionen in ihm unter!
Jedoch vor allen Wehe uns, die uns
Der Mutterschoß an diesen Erdball aus-
Geworfen hat,
An diese Klippe in dem Ozean
Der Welten! Wer ihr naht, der ist verloren!
Zum *Brandmale* für ewge Zeit hat ihr
Die Sonne die Sahara eingebrannt! – –
– Der Mensch erklärt das Gute sich *hinein*,
Wenn er die Weltgeschichte liest, weil er
Zu *feig* ist, ihre grause Wahrheit kühn
Sich selber zu gestehn!
(Berdoa erscheint, von Gothland unbemerkt, mit einigen Finnen im Hintergrunde.)
GOTHLAND: Nein, nein!
Es ist kein Gott; zu seiner Ehre
Will ich das glauben!
(Donnerschläge.) Ei, wie
Die *Ohrwürmer* rumoren!
– Wär ein Gott,
So wären keine Brudermörder! –
Ich glaube, daß es Panther gibt,
Ich glaube, daß es Bären gibt,
Ich glaube, daß die Klapperschlange giftig ist,
Allein an Gottes Dasein glaub ich nicht!
(Donnerschläge.) Still,
Verdammte Ohrwürmer! –
Der Mensch
Trägt Adler in dem Haupte
Und steckt mit seinen Füßen in dem Kote!
Wer war so toll, daß er ihn schuf?

Wer würfelte aus Eselsohren und
Aus Löwenzähnen ihn zusammen? Was
Ist toller als das Leben? Was
Ist toller als die Welt?
Allmächtger *Wahnsinn* ists,
Der sie erschaffen hat!
BERDOA: Hört doch den Wurm!
Wie er sich gegen Gott zu bäumen meint!
Als ob ein Wurm sich bäumen könnt!
Ein Wurm, auch wenn er zürnt, kann sich
Nur *winden*!
GOTHLAND: Wahnsinn? Nein!
So gräßlich war der Wahnsinn nicht!
(Donnerschläge.) Horcht! horcht!
Das sind die Fußtritte des Schicksals! –
O,

Jetzt erst, jetzt erst begreif ich euch,
Ihr himmelstürmenden Giganten!
– Zerstörend, unerbittlich, Tod
Und Leben, Glück und Unglück an-
Einander kettend, herrscht
Mit alles niederdrückender Gewalt
Das ungeheure *Schicksal* über unsren Häuptern!
Aus den Orkanen flicht
Es seine Geißeln sich zusammen
Und peitscht damit die Rosse seines Wagens durch
Die Zeit, und schleppet, wie
Der Reiter an des Pferdes Schweife den
Gefangnen mit sich fortreißt,
Das Weltall hinterdrein!
Die Himmelsbogen sind gekrümmte Würmer
Und krampfhaft ringeln sie
Sich unter seinen Füßen!
Die Menschenherzen sind der Staub,
Worauf es geht! –

O immer, immer mehr
Begreif ich euch, Giganten!
Was ist natürlicher als Himmelssturm? –
– »Geschick!« so zischt es, wenn der Pfeil,
Der auf den Todesfeind geschossen war,
Ins Herz des Bruders fliegt! »Geschick!« so zischt
Das Blut, das aus der Wunde sprützt! – »Geschick« nur?
Nichts weiter? – O, der Glaube an
Ein Schicksal ist nicht furchtbar, – hold und tröstlich
Ist dieser Kinderglaube aus der Zeit
Der Griechen, welche noch nichts Schlimmres ahnten!
Das
Geschick ist grausam und entsetzlich,
Doch planvoll, tückisch, listig ist es nicht!
(Scheu, leise und unter heftigem Zittern.)
Allmächtge *Bosheit* also ist es, die
Den Weltkreis lenkt und ihn zerstört!
BERDOA: Ha,
Was sprach er da?
GOTHLAND: Was zittre ich?
Weswegen flüstre ichs so leise?
– Ei, darf der Hund in seine Kette beißen,
So darf es auch der Mensch! *(Sehr laut.)* Ja, Gott
Ist boshaft, und *Verzweiflung* ist
Der wahre Gottesdienst!
(Donnerschläge.) Hu! wie
Die Nachtigallen zwitschern!
(Der Sturm heult lauter, das Meer braust auf, die Kriegsmusik der anrückenden schwedischen Armee schallt aus der Ferne.)
BERDOA *(erhebt die Stimme)*: Schweigt! schweigt,
Ihr schwedschen Kriegestöne ! Laßt
Das Atmen, Stürme! Wälder, unterbrecht eur Rauschen!
Verstumme Ostsee! Höret, höret, höret!
Hört schaudernd wie der Gotteslästrer rast,

Damit ihr einstens alle, Wälder, Meer
Und Stürme, zeugen könnet wider ihn!
GOTHLAND: Weil es
Verderben soll, ist das Erschaffene
Erschaffen!
BERDOA: Schreit nicht auf,
Ihr Donner, vor Entsetzen, stört
Ihn nicht in seiner Lästerung, laßt ihn
Die Langmut Gottes zerrn und necken, bis daß
Sie endlich, aufgereizt zu Zorn und Grimm,
Sich selbst vergißt und zur *Hyäne* wird
Und ihn zerstückt!
GOTHLAND: Weil es verderben soll
Ist das Erschaffene erschaffen!
Deshalb ist unsers Leibes kleinster Nerv so
Empfänglich für den ungeheursten Schmerz,
Deshalb sind unsre Glieder so gebrechlich,
Deshalb sind wir so fasernackt geboren!
Daß die Verführung sichrer uns
Beliste, wurden wir
Mit Dummheit reichlich ausgestattet, und
Unsterblich sind wir für – – die *Höllenstrafen*!
– Weil es verderben soll, ist das Erschaffene
Erschaffen! Wie ein riesges Henkerrad
Kreist dort der sogenannte Himmelsbogen;
Die Tage und die Nächte, Sonne, Mond
Und Sterne sind
Wie *arme Delinquenten* draufgeflochten, und
Mit ausgesparten Gnadenstößen
Zerrädert und zermalmt er sie!
BERDOA: Hoho! ich weiß, weshalb er allenthalben Rad
Und Galgen nur und arme Sünder sieht!
GOTHLAND: Pfui, pfui! wie ekelt mich die Schöpfung an!
Der Jahreszeiten wechselnde

Erscheinungen, die immer wiederkehrenden
Verwandlungen an dem
Gestirnten Firmament – Was sind sie anders, als
Ein ewges *Fratzenschneiden* der Natur?
(Er blickt mit suchenden Augen umher, – seine Stimme wird bewegt.)
Weh! Weh! Wie hat sich alles doch verändert!
Wie labte gestern noch der Anblick der
Natur mein krankes Herz! Wie lächelte
Die Sonne!
BERDOA: O des Toren! die Natur
Ist noch so herrlich wie sie war, allein
Sein Busen ist der gestrige nicht mehr!
GOTHLAND: – Zwar habe ich gemordet, doch –
(Er fährt auf und sieht die Sonne.) Wie mich
Die Sonne angrinst! – Was will sie? Meint sie
Ich wär ein Brudermörder? Oder lacht sie
Mich aus? Sie lacht und lacht, bei Freud und Leid,
Sie kennet keinen Schmerz! – Ha, Sonne! könnt
Ich dich einmal bei deinem Strahlenhaare packen –
Am Felsen wollt ich dein Gehirn zerschmettern,
Und dich, was Schmerz heißt, fühlen lassen!
(Die Sonne tritt wieder hinter die Wolken.)

Ludwig Kalisch

Mitteilungen Heinrich Heines in einem Pariser Gespräche an einem Novemberabend 1849

Bald lenkte sich das Gespräch auf die moderne deutsche Poesie und auf die Vertreter derselben. Bei dem Namen Lenau's wurde einer Reihe deutscher Dichter erwähnt, die in Wahnsinn endeten, oder in Elend untergingen. Als bei dieser Gelegenheit des armen Grabbe gedacht wurde, bemerkte Heine, daß er über diesen Dichter merkwürdige Aufschlüsse hätte geben können. »Ich habe ihn in Berlin kennen gelernt, wo wir Beide studirten«, sagte er. »Es war in ihm ein seltsames Gemisch von Demuth und unbezwinglichem Poetendünkel. Er hielt mich für sehr reich, weil ich damals – ich weiß nicht durch welchen Zufall – einen schönen Mantel besaß, und er behauptete, daß ich, von diesem Mantel behaglich durchwärmt, südlich glühende Lieder bequem dichten könnte, während er, in einem fadenscheinigen lebensmüden Rocke dem unverschämten Berliner Wind ausgesetzt, seine dramatischen Stoffe aus dem fernen Norden holen müßte. Er hatte gerade den *Herzog Gothland* vollendet und brachte mir ihn, um mein Urtheil darüber zu hören. Bei der Lectüre dieser absonderlichen Hervorbringung war mir's, als ob mir ein Dutzend Mühlräder im Kopfe klapperte. Ich gönnte mir den Eindruck, den dieses dramatische Erzeugniß auf mich hervorgebracht, nicht allein, sondern gab es einem meiner Freunde, der mir's, aus Angst verrückt zu werden, bald wieder zurückbrachte. Ich ging dann damit zu Varnhagen, der, wie man sich leicht denken kann, es noch weniger erquicklich fand und mich um Gotteswillen bat, es ihm schnell wieder abzunehmen; es mache ihm das ganze Haus toll. – Ja, dieser Grabbe war ein drolliger Mensch und ich hätte, wie gesagt, manche sehr interessante Aufschlüsse über ihn geben können; aber wie manches Andere wird auch dies mit mir begraben werden.«

Christian Dietrich Grabbe

Hannibal

NUMANTIA UND KAPUA

Die Ruinen Numantias, noch glühend und dampfend

TERENZ: Noch immer nicht Morgen? Ich vergehe vor Frost. Hier wohl Feuer, aber welches! Reisig von Häusern und Menschenknochen! – Doch mich friert zu sehr, – ich muß mich wärmen an dem heißen Graus! *(Er kauert nieder an den Ruinen).* Entsetzlicher Abend! Furchtbare Nacht! Scipionen, ihr Ungetüme, wie habt ihr euch entschleiert! Dieser jüngere Scipio, der so hold lächeln konnte, las ich ihm in seinem Ruhezimmer eins meiner Stücke vor – Was war er vor vier Stunden? Sturm, Mord, Feuer, sein Antlitz eine arbeitende Waffenschmiede! *Mich* kannt er nicht mehr. »Jetzt ists nicht Zeit! 's ist grad was Wichtigeres zu tun!« waren alle Antworten, wollt ich ihn anreden, – weiter sauste er mit dem wildschnaubenden Rosse, und ich mußt im Troß mich verlieren, in Gefahr, daß ich von jedem seiner Krieger, der mich nicht kannte, übergeritten, erschlagen wurde – Ah, endlich zittern die ersten Strahlen der Sonne durch die Nebel, und – es wird noch kälter vor dem weiß gerinnenden Reif und dem erwachenden Windzug. Und, o Götter, da gegenüber ringt Numantias Volksrest die Hände, und die Soldaten schleppen ununterbrochen neu im Qualm aufgefundene Gefangene mit schwertgestählter Faust herzu!

(Scipio der Jüngere und Scipio der Ältere kommen mit Gefolge.)

SCIPIO DER JÜNGERE *(zu einem des Gefolgs)*: Diesen Schlüssel zu Numantias erstürmtem Haupttor bring meiner Mutter, der Kornelia, und möge sie daran erkennen, daß ihre Söhne streben, ihrer Lehren wert zu sein.

SCIPIO DER ÄLTERE: Und melde, daß wir gesund sind. Hoffentlich sie auch.

(Der Abgeordnete ab.)

SCIPIO DER JÜNGERE: Terenz? Wärmst Dich an Numantias Kohlen? Das wäre Stoff zu einem Lustspiel, besser als eins der Atellanen, nicht bloß wunderlich – auch im Scherz mit einem großen Hintergrunde.

TERENZ: Ihr schufet den Stoff so tragisch, daß ich doch zu schwach bin, ihn zu einem lustigen umzudichten.

SCIPIO DER ÄLTERE: Eh, Freigelassener, was tragisch ist, ist auch lustig, und umgekehrt. Hab ich doch oft in Tragödien gelacht, und bin in Komödien fast gerührt worden.

TERENZ *(zu Scipio dem Jüngeren, bitter):* Herr, in vergangener Nacht kanntest Du mich nicht.

SCIPIO DER JÜNGERE: 's war grad was Wichtigeres zu tun.

TERENZ: Da wieder das alte Lied von Erz.

SCIPIO DER JÜNGERE *(zu Soldaten und Liktoren):* Jene Gefangenen in Rudel gebracht, jedes Rudel dreißig Stück, und dann damit zu Schiff nach Ostia. Ob der Senat sie da oder in Rom will verkauft wissen, fragt ihr dort nach.

SCIPIO DER ÄLTERE: Und merkt ihr, wo Mann und Frau oder Verwandte beieinander stehn, reißt sie auseinander, damit sie nicht konspirieren.

(Mehrere Liktoren und viele Soldaten ab. Bald darauf treiben und schleppen sie die Gefangenen vorbei nach der Küste.)

EIN GEFANGENER: Weib, mein Weib! Wohin gerissen an Deinem Haar? In fremde Arme!

DAS WEIB: Die Glücklichen, die sich verbrannten!

EIN KNABE: Sieh doch um Mutter, sie kommen mit Stricken, Dich zu binden! – Weh, nun mich auch! Leute, mild! was taten euch diese armen Hände?

EIN LIKTOR *(zu seinen Untergebenen).* Geißelt die Schreihälse! Muß man euch an den Dienst mahnen?

(Das Geschrei erstirbt in Gewinsel.)

TERENZ: Schrecklich!

SCIPIO DER JÜNGERE: Bester, es ist bei uns Sitte, daß man den Krieg so lang führt, bis der eine Teil ausgerottet oder Sklav geworden. Denn einen halben Frieden lieben wir nicht; er gibt dem Feinde nur Zeit, sich zum neuen Kriege zu stärken. Pfui, stell Dich nicht albern! Ganze Kohorten blicken schon nach Dir.

TERENZ *(in sich):* Die Geißelei mit Bleiknöpfen: *Sitte!* Götter, was mag in Rom Unsitte sein?

SCIPIO DER JÜNGERE: Wer naht?

EIN SOLDAT: Ein Keltiberierfürst.

DER KELTIBERIERFÜRST ALLOCHLIN *(kommt und stürzt Scipio dem Jüngeren zu Füßen)*: Herr! Herr! Herr!

SCIPIO DER JÜNGERE: Dreimal dasselbe ist zuviel. Was willst Du?

ALLOCHLIN: Herr, meine Braut! Ich bin der Fürst Allochlin, und sie und ich sind keine Numantiner, sind Ureinwohner, und keine phönizische oder karthagische Kolonisten, – sie war nur zum Besuch in Numantia, als ihr sie mitfingt! – Ihr Sterne! meine Braut!

SEINE BEGLEITER *(schreien mit)*: Ihr Sterne, seine Braut, die blühende Braut!

SCIPIO DER ÄLTERE: Die hat viel Liebhaber. Ich möchte ihr Mann nicht sein.

ALLOCHLIN: Dort steht sie unter den Gefangenen.

SCIPIO DER JÜNGERE: Ein schönes Mädchen.

ALLOCHLIN: Wie der Mond aufschimmernd über dem dunklen Gebirgswald!

SCIPIO DER JÜNGERE: Karthago ist euch mehr Urfeindin als uns Römern. Wenn Du mit mir gegen sie kämpfest, ist Deine Bitte gewährt.

ALLOCHLIN: Gleich stell ich Dir elftausend Krieger. Sie alle folgten mir, als sie mein Unglück hörten, bewegt wie ich.

SCIPIO DER JÜNGERE: Führt jene Jungfrau hieher.

(Zwei seines Gefolges ab.)

ALLOCHLIN: Sie kommt! Da ist sie! Die teuren, die lieblichen Züge wieder so nah! O Gräser und Blumen – Meine seligen Augen!

SCIPIO DER JÜNGERE: Fürstin, Dein Bräutigam hat Dich erfleht. Sei frei und mach ihn glücklich. – Allucius (verzeih, ich kann Deinen Namen nur nach meiner heimischen Mundart aussprechen) zeig mir nun Deine Krieger.

ALLOCHLIN: Sie bemerkten Deine Huld, und nahen schon mit freudigen Schritten. Ich stelle mich an ihre Spitze, die Ersehnte an meiner Seite, und führe sie Dir vorüber.

DIE BRAUT *(für sich, auf Scipio den Jüngeren blickend):* Die erhabene Gestalt mit dem mildernsten Antlitz – ists ein Göttersohn, in irdisches Eisen gehüllt? – Ich könnte –

ALLOCHLIN: Du weilst?

BRAUT: Nein, Gespiele der Jugend, auch Götter machen mich nicht untreu!

(Allochlins Heer rückt heran, er zieht das Schwert, stellt sich mit seiner Braut, die jubelnd empfangen wird, an die Spitze, und führt es vorbei.)

SCIPIO DER JÜNGERE: Bruder, dieses Heer ist besondrer Art.

SCIPIO DER ÄLTERE: Nach dem Geschnatter, nackten Beinen, den Federn auf den Köpfen, hielte man es leicht für einen Haufen großer Enten. Aber die Enten folgen doch noch in Einer Reihe dem führenden Entrich. *Das* Gewimmel wühlt durcheinander wie Kraut und Rüben.

SCIPIO DER JÜNGERE: Und statt der Tuba Saitenspiel!

SCIPIO DER ÄLTERE: Bei denen muß es lustige Schlachten geben. – Ich schäme mich solcher Bundsgenossen.

SCIPIO DER JÜNGERE: Warum? Im Kriege ist alles zu verbrauchen.

TERENZ *(der, seitwärts stehend, aufmerksam zugehört hat, für sich). Ver*brauchen! Das arme Gesindel füllt bald die Gräben mit seinen Leibern und die Römer *ge*brauchen es dann zur Brücke!

SCIPIO DER JÜNGERE: Jenen Langen ruft heraus. Ich will ihn sprechen.

SCIPIO DER ÄLTERE: Wie? Der scheint just der Närrischste!

TERENZ: Herr – *(Er stockt und blickt furchtsam auf die Scipionen.)*

SCIPIO DER JÜNGERE: Verschluck Deinen Gedanken nicht. Poeten bersten, wenn sie ihre Weisheit bei sich behalten müssen.

TERENZ *(ermutigt zu Scipio dem Älteren)*: Euer Bruder will vom Schlechtesten auf das Bessere schließen. Ist das nicht vorsichtiger, als schlöß er umgekehrt?

SCIPIO DER ÄLTERE: Daraus mach nur einen guten Spruch für Deine Possen.

TERENZ *(betrübt, für sich).* Lustspiele, jahrelang bedacht, bearbeitet, bei Tag und Nacht – Possen! Das der Lohn!

(Der herbeigerufene Keltiberier kommt.)

SCIPIO DER JÜNGERE: Du bist?

KELTIBERIER: Sohn Ullos, der da hieß die Keule.

SCIPIO DER JÜNGERE: Und Dein Name?

KELTIBERIER: Bin leider noch namenlos. Noch stieß ich keinem Feinde, nach dem ich mich benennen könnte, die Lanze ins Herz, denn so nur erringt man bei uns den Namen – Die Feiglinge! sie flohen alle, wie ich den Speer erhob! *(Er schüttelt seine Lanze.)*

SCIPIO DER JÜNGERE: Nun – sacht. Willst Du in meine Dienste treten?

KELTIBERIER: Wenn mein Than mich Dir schenkt.

SCIPIO DER JÜNGERE: Das tut er.

KELTIBERIER: Ich bin Dein Sklav.

SCIPIO DER JÜNGERE: In müßiger Stunde sollst Du mir von Deinem Volk erzählen.

KELTIBERIER: Nur erzählen? Singen will ich davon!

SCIPIO DER ÄLTERE *(trocken):* Sind alle Deines Volkes Großprahler wie Du?

KELTIBERIER: Ich hoffe, ich bin der Geringsten keiner.

SCIPIO DER ÄLTERE: Windbeutel! Das *hoffst* Du?

KELTIBERIER: Die Barden singen: zu fechten mit der Zunge, ist schwerer als mit dem Schwert!

SCIPIO DER ÄLTERE: Das sind mir eigene Grundsätze.

SCIPIO DER JÜNGERE: Er muß sie doch für die rechten halten, so unbefangen sagt er sie.

TERENZ: Welch Unding verkehrte Erziehung nicht aus einem Menschen macht!

SCIPIO DER JÜNGERE: Sohn Ullos, tritt unter mein Gefolge.

SCIPIO DER ÄLTERE: Indes wir hier belagerten, ist uns Hasdrubal mit Karthagos letztem Heer in Spanien entwischt. Er klettert schon in den Alpen zum Hannibal. Wir müssen nach.

SCIPIO DER JÜNGERE: Nein. Er erblickt seinen Bruder nicht. Konsul Nero erwartet ihn längst mit drei Legionen in Ligurien. Zweimal gehts nicht mit Überraschungen, wie sie uns Hannibal bereitete, man lernt sich vorsehn. – Die Pferde!

Karl Gutzkow

Christian Dietrich Grabbe, Hannibal

Erst in der Tragödie Hannibal sehen wir den früheren Grabbe wieder. Da sind die Situationen malerisch schön, die Charakteristik ist rapid und bis aufs Äußerste pointiert, der Dialog ist ein Muster von Kürze und schlagender Gedrängtheit. Hier stürmen Sprache und Phantasie, die Alpen erfrieren jedoch oben, wie dies Grabbe'n immer charakterisiert hat, zu einer eisigen Kristallisation. Es sind die alten großartigen Bilder, von denen zwei Drittel immer so originell sind, und das letzte Drittel immer so steif, irdisch und ungelenk.

Hannibal steht vor den Toren Roms, wir sehen ihn in Capua, zwischen den Bergen, in Afrika, bei Zama, zuletzt bei Prusias, einem Könige, den Grabbe mit zu vieler Ironie zeichnet, da er die Erequien und die poetische Gerechtigkeit des fünften Aktes zu verwalten hat. Zwischendurch Karthago mit seinen Parteien, Rom mit dem schwankenden Senat, Spanien mit Rumantias rauchenden Trümmern. An klassischen Details fehlt es hier nirgends, sei es nun, daß Grabbe den Krämergeist Karthago's zeichnet, oder die innere Hohlheit des Cato Censorinus, oder die gutmütige Eitelkeit eines Terenz, des Begleiters der Scipionen, oder die kleinliche Größe des Fabius Cunctator. Hier ist Grabbe immer originell und überraschend und erhält uns den Glauben an eine Muse, welche ein olympisches Recht zu zürnen hat, wenn sich ihr nicht das öffentliche Interesse mit alle Teilnahme hingäbe.

Doch woher kommt es wohl, daß Grabbes Dramen in Rücksicht auf seine Persönlichkeit uns so wohl tun, objektiv aber niemals die Billigung des Kunstrichters erhalten haben? Auch wenn man Hannibal als ein Ganzes läßt und zugleich an das Einzelne einen ästhetischen Maßstab legt, so mißbehagt auch dieses Trauerspiel. Es ist nur eine Veranschaulichmachung und Dramatisierung der Historie. Es findet sich kein Steigen und Anschwellen des Stoffes; die Begebenheiten selbst stehen über dem Haupte des Dichters und bleiben immer noch groß genug, um sein Werk auf ein Verdienst als eine Skizze zu verweisen. Grabbes Werk ist fest in den Knochen; die Muskeln, Flechsen und Arterien winden sich um das starre Gerippe herum; aber der Rest fehlt, das Fleisch, die schöne Bekleidung der Haut, die blühende Farbe der Natur, des Lebens und der Wahrheit. Man wird uns zutrauen, daß wir nicht nach Schiller'schen Jamben und Reflexionen fragen: aber die Malerei der Motive, von der wir oben sprachen, dürfen wir nicht aufgeben. Die Menschen sind nicht so, wie sie Grabbe schildert, selbst in den verzweifeltsten, äußersten Lagen sind sie anders, sie sind immer noch etwas neben und außer der Tat. Dieser ganze Bereich fehlt bei Grabbe und wird ihm überall im Wege stehen, wenn es sich darum handelt, sein Studium den Massen zu empfehlen. Während man kaum zeigte, wie kühn er im Sattel des Pegasus sitzt, wird man rufen, daß ihn das Roß schon wieder abgeworfen. Grabbe hat Immermann dafür gedankt, daß er ihm Muße zum Dichten verschafft habe; vielleicht ist es möglich, daß Immermann ihm auch seine Ruhe einflößt.

Christian Dietrich Grabbe

Napoleon oder die hundert Tage

VIERTER AUFZUG.

Sechste Szene

Vor Ligny.

Das französische Heer. Kanonen werden aufgefahren, die Kaisergarden stehen in Schlachtordnung, die Infanterie – und Kavallerieregimenter der Linie marschieren an beiden Seiten auf. Napoleon liegt, bis an die Brust lose von einem grünen Mantel überdeckt, schlummernd auf der Lafette einer Kanone. Eine Menge Adjutanten und Ordonnanzen zu Pferd und zu Fuß, vom General bis zum Gemeinen, Chassecœur und Vitry darunter, in seiner Nähe. Desgleichen viele Piqueurs mit gesattelten Handpferden.

Bertrand und Cambronne stehen, ersterer rechts, der zweite links an seiner Seite, – der Obrist und Adjutant Labédoyère nicht weit von ihnen.

CAMBRONNE: Der Kaiser erwacht!

EIN OFFIZIER: Nun bin ich neugierig, was er zu den preußischen Batterien sagt, deren Auffahren er verschlief.

NAPOLEON *(steht auf, – der Mantel, welcher ihn bedeckte, fällt zur Seite)*: Alles wie ich befohlen?

BERTRAND: Jedes Regiment an seinem Posten.

NAPOLEON: Was ist das dort?

BERTRAND: Sire, preußische Batterien.

NAPOLEON: Albernes Zeug, – die sollen die feindliche Armee maskieren und sind zu weit vorgerückt. Sie haben nicht Zeit zum Schuß, fällt man ihnen in die Flanke. Das fünfundfünfzigste Regiment am rechten Flügel tue das, im Geschwindschritt, – zwei Kürassierschwadronen begleiten es.

VITRY: Chassecœur, er ist wach!

CHASSECŒUR: Man merkt es: das Regiment und die Kürassiere marschieren, die Batterien jagen zurück, und da – sehen wir die ganze preußische Armee.

VITRY: Was wohl die Offiziere, welche hier eben schwatzten, davon halten?

NAPOLEON: Generalkommandant der Artillerie –

DROUOT *(tritt vor.)* Sire – ?

NAPOLEON: Die preußischen Kolonnen entwickeln sich – Ligny ist die Mitte und der Schlüssel ihrer Schlachtordnung – merken Sie sich das – – Und nun lassen Sie uns anfangen.

DROUOT: Sie befehlen – *(Zu der Artillerie.)* Abgeprotzt! *(Es geschieht.)*

Jener Zwölfpfündner den Signalschuß!

(Der Zwölfpfünder wird abgefeuert. Sofort donnern auch alle französischen Batterien, Heergeschrei, Trommeln, Trompeten, Janitscharenmusik dazwischen. Infanterie und Kavallerie rückt vor, nur die Garde bleibt stehen. Die Preußen bewegen sich gleichermaßen unter gewaltigem Artillerie- und Kleingewehrfeuer den Franzosen entgegen.)

NAPOLEON: Ha! meine Schlachtendonner wieder – – In mir wird's still – – – *(Er schlägt die Arme übereinander.)*

CAMBRONNE: Wer sollte sich nicht freuen, der ihn jetzt sieht? – Welche Ruhe, welche stillglänzende Blicke!

BERTRAND: Ja, nun ist's mit ihm als stiegen heitere Sommerhimmel in seiner Brust auf, und erfüllten sie mit Wonne und Klarheit. Still und lächelnd wie jetzt, sah' ich ihn in jeder Schlacht, selbst bei Leipzig.

NAPOLEON *(für sich).* Josephine – Hortense – Das Etui – – Und mein Sohn!

ADJUTANTEN *(sprengen heran).* Rechts, bei Sombref, drängen uns die Preußen zurück.

NAPOLEON: Die zurückgedrängten Truppen sollen sich an den rechten Flügel der Garde schließen.

(Kanonenkugeln schlagen in die Erde.)

VITRY *(ergreift einige und wirft sie fort):* Canaillen, ihr könntet rikochettieren!

NAPOLEON: Wie heißt du?

VITRY: Philipp Vitry.

NAPOLEON: Du bist Hauptmann.

CHASSECŒUR: Gift und Tod, was hat der Kerl für Glück.

VITRY: Sire, trauen Sie mir Ehre zu?

NAPOLEON: Hätt' ich dich sonst zum Hauptmann gemacht?

VITRY: So versichr' ich auf meine Ehre, hier dieser Chassecœur verdient eher Hauptmann zu sein als ich. Er dient schon seit Quiberon und rettete bei Leipzig einen Adler – Bitte, Sire, lassen Sie mich Gemeiner bleiben, und ernennen Sie ihn statt meiner zum Hauptmann.

NAPOLEON: Ihr seid beide Hauptleute.

CHASSECŒUR: Mein Kaiser, wobei?

NAPOLEON: In meiner Suite.

EIN FLÜGELADJUTANT *(sprengt heran):* Graf Vandamme muß das eben von ihm genommene St-Amand wieder räumen. Die Preußen sind zahllos und wütig wie die Teufel.

NAPOLEON: Ob die Preußen St-Amand oder Otaheiti haben, ist in diesem Augenblick gleichgültig. – Aber melden Sie Vandamme: es wäre mir lieb, wenn er durch wiederholte hartnäckige Angriffe den Feind glauben machte, ich hielte etwas auf die Stellung. Blüchers Generalstab wär' imstande die Position bei Ligny wegen St-Amands noch mehr zu schwächen, als er schon getan hat.

(Der Flügeladjutant ab.)

Ordonnanzen zu Gérard: daß er bei Ligny allmählich auch die Truppen der schweren Waffengattungen in das Gefecht führt.

(Mehrere Ordonnanzen ab.)

EIN FUSSGARDIST *(wird von einer Kugel getroffen):* Jesus Maria!

NEBENSTEHENDE KAMERADEN: Karl wird fromm!

WIEDER EIN GARDIST *(dem eine Kanonenkugel den Leib aufreißt):* Es lebe der Kaiser!

GARDE UND HEER: Er lebe!

NAPOLEON: Diese Kugeln kommen von Sombref. Vier Reservebatterien vor, unsre von dorther weichenden Truppen besser zu bedecken.

EIN ADJUTANT *(hervorspringend):* Der Fürst von der Moskwa bittet um Hülfe. Die englische Armee enfiliert mit ihm bei Quatrebras eine Schlacht.

NAPOLEON: Der Fürst von der Moskwa ist ein – Sie, mein Herr, melden ihm: ich wüßte, Wellington tanze noch in Brüssel, und er, der Marschall Ney, hätt' es nur mit dem englischen Vortrab zu tun. Nicht erschrecken soll er sich von ihm lassen, – kühn zurückwerfen, oder doch aufhalten, bis ich hier gesiegt habe, soll er ihn. Dann läuft er von selbst.

(Der Adjutant ab.)

Daß doch die meisten Menschen Aug' und gesunde Vernunft verlieren, sobald sie das Glück haben, mit zwanzig – oder dreißigtausend Mann selbständig auf dem Schlachtfelde zu stehen. *(Zu mehreren Adjutanten.)* Schnell zum General Erlon. Er trenne und bedrohe mit seinem Corps zwischen Quatrebras und St-Amand die Engländer und die Preußen, – er schont aber seine Truppen, oder Bülow möchte bei St-Amand ankommen; wäre das, so stürzt er ihm entgegen.

(Adjutanten ab. Zwei andere sprengen noch hintereinander heran.)

ERSTER ADJUTANT: General Gérard nimmt Ligny mit dem Bajonett –

ZWEITER ADJUTANT: Die Preußen treiben ihn Schritt vor Schritt wieder hinaus –

NAPOLEON: Drei Voltigeurregimenter sollen sich debandieren, und dort die Preußen überall, von jedem Vorsprung, jedem Fenster her, beängstigen helfen.

(Adjutanten ab.)

EIN ADJUTANT *(jagt herbei):* Zwischen St-Amand und Ligny wird es schwarz wie die Nacht von sich anhäufender feindlicher Kavallerie.

NAPOLEON: Die reitende Artillerie mit Kartätschen wider sie vor.

(Reitende Artillerie jagt vor und schießt, kommt aber gleich darauf in Eile und Unordnung zurück.)

Was? Der wilde Blücher bricht doch los? – Milhauds Kürassiermassen auf ihn ein.

(Milhauds Kürassiere stürmen los.)

EIN OFFIZIER: Ah, wie leuchtet und klirrt auf einmal die Luft von gezückten Schwertern.

EIN ANDERER OFFIZIER: Und horch, jetzt treffen sie Blüchers Horden – Wie ingrimmig und gräßlich wiehern die gegeneinander kämpfenden Pferde!

NAPOLEON: Bertrand, was sagst du zu der Schlacht?

BERTRAND: Die Preußen fechten besser wie bei Jena.

NAPOLEON: Geschlagen werden sie doch, nur ein paar Stunden später.

(Adjutanten kommen.)

ERSTER ADJUTANT: Milhauds Kürassiere treiben die feindliche Reiterei zurück –

ZWEITER ADJUTANT *(später):* Blücher erholt sich und Milhaud weicht –

NAPOLEON: Pajols Reiter dem Milhaud verhängten Zügels zu Hülfe.

(Adjutanten ab.)

Ha, da einer von Gérard mit siegtrunkenem Antlitz – Wie bei Ligny?

DER HERANSPRENGENDE ADJUTANT: Die westliche Seite ist unter unsren Kolben, und ganz Europa entreißt sie uns nicht wieder!

NAPOLEON: Ein Pferd! *(Es wird ihm ein Pferd gebracht, und er setzt sich auf.)*

VITRY: Chassecœur, nun muß die Garde daran, – der Feind ist mürbe.

CHASSECŒUR: Mürb' oder hart, die Garde macht ihn zu Brei.

NAPOLEON: Lieber Drouot, ein Kreuzfeuer des schwersten Geschützes auf Lignys Ostseite.

DROUOT: Wehe dem Mutterkinde, das noch darin ist! – Schwere Artillerie marsch! *(Mit der schweren Artillerie ab.)*

NAPOLEON: Cambronne, alle Garden zum Sturm auf Ligny!

CAMBRONNE: Alte und junge Garden, zu Pferd und zu Fuß: den Kaiser salutiert!

DIE OFFIZIERE DER GARDE *(den Befehl Cambronnes weiter rufend).* Den Kaiser salutiert!

DIE GARDE *(salutierend).* Der Kaiser hoch!

CAMBRONNE: Und nun Bajonette gefällt, Säbel geschwungen, – unser der letzte Trümmer von Ligny, oder der Tod! *(Ab mit der Garde.)*

NAPOLEON: Estafetten nach Paris: ich hätte gesiegt, – während Blücher mir mit seiner Reiterei meinen linken Flügel habe zerbrechen wollen, hätt' ich sein Zentrum durchbrochen, und so weiter, wie jedes Auge es hier sieht. Zugleich der Munizipalität durch den Moniteur angedeutet, sie möchte mit Abnahme der Vormundschaftsrechnungen nicht so nachlässig sein, wie im vorigen Jahr, oder mein Zorn träfe sie ärger als die Preußen.

(Adjutanten und Ordonnanzen ab. Sombref, Ligny, St-Amand lodern vor der französischen Schlachtlinie in lichten Flammen, – hinter ihr Quatrebras, Pierrepont, Frasnes, Géminoncourt und andere Ortschaften ebenso.)

NAPOLEON *(sieht sich nach den Feuersbrünsten um):* Ist's nun meine Schuld, daß ich mit einem unermeßlichen, weit und weiter sich ausdehnenden Flammendiadem, wie dieses, meine Stirn schmücken muß? Oder ist es das trübselige Fünkchen, die elende Ächtungsakte von Wien, welche diesen Weltbrand veranlaßt?

ADJUTANTEN *(heransprengend):* Sire, Drouots Batterien haben auch die Ostseite von Ligny zu Staub gemacht – sie schweigen, weil die Garden schon über die Trümmer vorrücken, – nur einzelne preußische Jäger stecken noch hier und da hinter Hecken und Gräben.

NAPOLEON: Ligny ganz mein! – Das Tor Europas ist erbrochen und ich stürme hindurch bis –

BERTRAND *(für sich):* Da spiegeln die goldglänzenden Kuppeln von Moskau sich schon wieder in seinem Auge.

NAPOLEON: Den schwarzen Krepp von den Legionsadlern, daß sie die wieder aufsteigende Sonne des Sieges sehen! *(Zu Adjutanten und Ordonnanzen.)* Grouchy verfolgt mit seinem Corps die Preußen – unter ihm noch Vandamme und Pajol mit ihren Heerteilen, – er kann nicht rasch und kühn genug sein, darf sich durch keine Demonstration, keine Position aufhalten lassen.

(Viele Adjutanten und Ordonnanzen ab.)

Wir, Bertrand, besehen einige Augenblicke das Schlachtfeld, und dann mit der großen Armee links, um mit Ney den Vortrab der Engländer auf ihre Hauptmacht zu werfen, diese zu vertilgen, und übermorgen in Brüssel zu schlafen. *(Napoleon, Bertrand und die kaiserliche Suite ab.)*

FÜNFTER AUFZUG
Siebente Szene

Blachfeld auf der andern Seite des Hauses Belle-Alliance.

Napoleon mit Bertrand und Offizieren, zu Fuß, – zwei Schwadrone der Gardegrenadiere in geschlossener Ordnung zur Bedeckung um sie, und Cambronne mit dem Überbleibsel der Granitkolonne von Marengo hinter ihnen.

NAPOLEON: Wir müssen hier mitten durch das Feld zurück, – die Chaussee ist zerfahren und überdem von den Preußen erstürmt – – Der Abend wird kalt – Meinen Mantel und mein Pferd.

(Bertrand hängt ihm den Mantel um, – ein Pferd wird vorgeführt.)

Solch eine Flucht kennt die Geschichte nicht – Verräterei, Zufall und Mißgeschick machen das tapferste Heer furchtsamer als ein Kind – Es ist aus – Wir haben seit Elba etwa hundert Tage groß geträumt – – Bertrand, was ist? Du schweigst?

BERTRAND: Sire – sprechen – jetzt – – – o Gott! – Sieh diese Gardegrenadiere – Congreven lodern in ihren Reihen, und sie schweigen doch! – – Nur eines, du, in dessen Ruhmesglanz ich einzig lebte, sei billig, laß mich auch auf ewig dein künftiges Unglück teilen. *(Er fällt dem Kaiser zu Füßen.)*

NAPOLEON: Steh' auf – du brichst mit mir das Brot des Elendes. – Aber deine Frau?

BERTRAND: Sire, sie wird dir in Tränen danken, wie ich?

NAPOLEON *(zurückblickend):* Da stürzen die feindlichen Truppen siegjubelnd heran, wähnen die Tyrannei vertrieben, den ewigen Frieden erobert, die goldne Zeit rückgeführt zu haben – Die Armen! Statt eines großen Tyrannen, wie sie mich zu nennen belieben, werden sie bald lauter kleine besitzen, – statt ihnen ewigen Frieden zu geben, wird man sie in einen ewigen Geistesschlaf einzulullen versuchen, – statt der goldnen Zeit, wird eine sehr irdene, zerbröckliche kommen, voll Halbheit, albernen Lugs und Tandes, – von gewaltigen Schlachttaten und Heroen wird man freilich nichts hören, desto mehr aber von diplomatischen Assembleen, Konvenienzbesuchen hoher Häupter, von Komödianten, Geigenspielern und Opernhuren – – bis der Weltgeist ersteht, an die Schleusen rührt, hinter denen die Wogen der Revolution und meines Kaisertumes lauern, und sie von ihnen aufbrechen läßt, daß die Lücke gefüllt werde, welche nach meinem Austritt zurückbleibt.

Egon Erwin Kisch

Grabbes Napoleon

Berlin, am 8. Mai

In letzter Zeit – die Saison neigt sich bedenklich dem Ende zu – faßte Leopold Jeßner den Entschluß, die Erwartungen zu erfüllen, und vollbrachte eine große Regietat: Er inszenierte Grabbes Napoleon-Drama »Die hundert Tage«, das nahezu hundert Jahre als ein unaufführbares und mangelhaftes Buchdrama galt. Ein Drama von dreizehn gewaltigen Bildern, mit sechzig Solorollen und mit atemberaubenden Massen-, Revolutions- und Schlachtenszenen. Jeßner gab dem Berliner Theaterleben einen ordentlichen Stoß, das sich in diesem Jahr als blutarm und bar jeglicher Literatur präsentierte. Er entledigte sich damit einer späten Pflicht gegenüber Christian Dietrich Grabbe, der im Jahre 1830 über sein Napoleon-Drama schrieb: »Als Drama, der Form nach, habe ich mich nach nichts geniert. Die jetzige Bühne verdient's nicht …«

Nein, was die Form betrifft, so hat er sich wirklich nach nichts geniert, dieser bettelarme und ewig betrunkene »Geniekerl von Detmold«. Er zerriß die alten traditionellen Akt- und Szenen-, Schauspieler- und Partner-, Helden- und Episodenregeln, schrieb die Dithyrambe auf Napoleon in wilden Epigrammen und verrückten Gesprächen und wollte in dunklen, leidenschaftlich bewegten Massenszenen seine Zeit auf die Bühne der Zukunft stellen. In Napoleon, dessen Zeitgenosse er war, sah er keinen Emporkömmling, keinen Feind Deutschlands, keinen beutegierigen Eroberer, für den ihn der preußische König und das preußische Volk, der Wiener Kongreß und ganz Europa erklärt hatten, er sah in ihm nicht den tausendfachen Soldatenmörder, als den ihn die Mütter verflucht hatten. Grabbe sah in ihm vielmehr den Vollender der Revolution, den

Henker der bourbonischen und der gesamten übrigen veralteten königlichen Legitimität, er sah in ihm den Streiter gegen die Gier der Fürsten nach Gebietseroberung, für ein Weltreich des Friedens.

Es verlangte ein gut Teil Genialität, um dergleichen in Deutschland vor hundert Jahren herauszuspüren, und es erforderte Mut, so etwas vor hundert Jahren in Deutschland auszusprechen. Aber auch Grabbe befreite sich nicht vom Geist der deutschen »Befreiungskriege«, und so stehen die Feldherren Blücher und Wellington Napoleon auf nahezu gleicher Ebene gegenüber. Nach der Schlacht bei Waterloo reichen sich – über die Kriegsleichen des raublüsternen Frankreichs hinweg – der englische und der deutsche Marschall die Hand und sprechen von einer englisch-deutschen Zukunft – Lloyd Georges Gespräch mit Wirth in Genua fast vorausahnend.

Die revolutionäre Kraft dieses Dramas besteht darin, daß es deutlich macht, wie eine napoleonische Individualität nur aus dem Willen einer sozialen Gemeinschaft emporwachsen kann. Ähnlich dem größten Chirurgen ist auch Napoleon nur ein Werkzeug. Das Volk wollte ihn, auch als er überwunden war und sich in Gefangenschaft befand, und er kam. Als das Volk zusammenbrach, brach auch er zusammen. Darin besteht die Handlung jener hundert Tage zwischen Elba und Sankt Helena, das ist Grabbes Drama. Das Volk ist der Held des ersten Bildes. Auf der Place de Gréve protestieren die Pariser gegen den Hochmut des Adels und die Willkür der Hofkamarilla, und zwei verabschiedete Grenadiere beschimpfen den König und schwärmen vom vertriebenen Napoleon. Der Hof ist der Held des zweiten Aktes, eines Operettenaktes: Genußsucht, Gottesleugnung, Bürokratismus, Frömmelei, Nachstellung und Frauenherrschaft sind für dieses Schönbrunn im Palais Royal bezeichnend. Durch einen mächtigen Ruck wechseln plötzlich die Kulissen, statt der Gobelins sieht man die

See, statt des Kerzenglanzes Finsternis, an Stelle der Hofgesellschaft Einsamkeit und an Stelle des Sammetthrons eine kahle Wüstenwand: der Kai von Elba. Hier sitzt Napoleon und richtet die Augen gen Frankreich ... Da trifft die Botschaft des Volkes ein, das ihn ruft. Er kommt, Ludwig XVIII. flüchtet, der Wiener Kongreß läuft auseinander. Paris jubelt, Hortense, die wieder Kaiserin wird, erbebt vor Glück und Angst, Europa zieht in den Krieg, die Soldaten politisieren, die Ereignisse überstürzen sich, die Garden fallen bis zum letzten Mann – bis auf Napoleon.

Dies alles schuf im Chaos seines bewegten Herzens Grabbe, und dies alles wurde auf der Bühne zu einem starken, unvergeßlichen Memorial. War Hartau auch der Rolle Napoleons gewachsen, zeigte sich Lothar Müthel als Vitry feurig und Lina Lossen als Kaiserin vornehm und bewegt, gab es auch Regiemängel und Besetzungsfehler, so mag das alles für die Berliner Kritik von Bedeutung sein, die sich nie Einhalt gebieten läßt. Hier sei lediglich gesagt, daß man in Berlin – wieder einmal nach langer Unterbrechung – ein großes Drama in großem Stile spielt.

Christian Dietrich Grabbe

An Moritz Leopold Petri

Lieber Petri!

Anbei die ›Hermannsschlacht‹ in Konzept. Beliebt es Dir, sie zu lesen, so bitte ich aber, Dich von der struppigen Kalligraphie nicht stören zu lassen. Ich hätte sie (sc. das Stück) Dir gestern geschickt, konnte aber leider mein Wort nicht halten, weil ich Nachmittags 3 Uhr vor Ermüdung während der Arbeit einschlief. Gib sie in keine fremden Hände, und solltest Du sie durchlesen wollen, schick mir jeden Tag ein paar der von Dir gelesenen Bogen, damit ich sie nach und nach abschreiben lasse. Nie schmier ich wieder ein Genre-und Bataillenstück. Ungeheure Mühe, um Abwechslung und allgemeines Interesse hineinzubringen! Was hab ich nicht im ›Hermann‹ an Witzen, Naturschilderungen, Sentimentalitäten pp. einflicken müssen, um ihn möglichst lesbar zu machen. Indes sei es wie es sei, ein Koloß, auf durchaus neuen Wegen vorschreitend, ist das Stück. Oder weniger: es ist ganz seit meines jetzigen Aufenthalts in Detmold so geschrieben, wie es vorliegt, und beweist doch immer, daß ich nicht so faul gewesen bin, wie viele meinen.

Dein

Detm., 21. Juli 1836. Grabbe.

Christian Dietrich Grabbe

Die Hermannsschlacht

Das Bruch bei Detmold

(Der Prätor auf erhöhtem Sitz. Etwas tiefer neben ihm ein Schreiber. Vor ihnen processierende Cherusker.)

PRÄTOR: Ein Kohlenbecken unter meine Füße. Das schneit und gefriert hier noch im März. Wir müssen nächstens ein Forum bauen mit Dach und Ofen.

SCHREIBER: Mich wundert nur, daß deine Milde das nicht längst geschehen ließ. Holz, Sandsteine, und sonstige Materialien finden sich dahier in Menge, Bauern, Pferde und Spanndienste im Überfluß.

PRÄTOR: Eröffne die Sitzung.

SCHREIBER *(liest in seinem Album und ruft dann):* Erneste Klopp contra Kater major.

PRÄTOR *(sieht auch in's Album):* Katermeier heißt der Mann.

SCHREIBER: Thut nichts, Herr. Es kommt bei dem Volk wenig auf den Namen an. Es ist doch Vieh. Scheren wir es so viel wie möglich über einen Kamm.

PRÄTOR: Was that dir Katermeier?

DIE KLOPP: Gott, ach Gott!

PRÄTOR: Heraus mit der Sache und laß die Götter weg.

DIE KLOPP: Er machte mir das vierte Kind und gab mir keinen Heller.

PRÄTOR: Du arme Hure.

SCHREIBER: Vorsichtig. Eine Hure scheint sie noch nicht. Die großen Lehrer Capito und Labeo streiten sich zwar über manche Rechtscontroverse –

PRÄTOR: Ja, auch über des Kaisers Bart.

SCHREIBER: – jedoch sind sie darin eins, daß viel multum, fünfundzwanzigtausend bedeute, indem Cäsar in seinen Commentarien die Stärke seines Heeres in Gallien so bezeichnet, und dieses Heer nur aus jener Anzahl bestand. Die Klägerin sieht aber nicht aus, als ob sie schon durch fünfundzwanzigtausendmaliges Unterliegen zu der Vielheit gediehen sei, welche der Begriff von einer Hure erfordert. Die ist bloß eine Geschwächte, vulgo stu –

PRÄTOR: Halt die Hand vor deinen übergelehrten Mund: *»Kurz ab und ohne Erläuterung des Wie und Warum«* heißt der Kappzaum für Germanen, denn je mehr du bei ihnen erläuterst und belehrst, je störriger werden sie.

(Zur Klopp:)

Du überlieferst deine vier Kinder dem Staat. Der Verklagte erhält 5000 Sestertien für sein wohlerworbenes Vierkinderrecht –

SCHREIBER: Ius quatuor liberorum, versteht ihr?

KATERMEIER: Eher als den Rechtsspruch hätt ich den Einsturz des Himmels vermuthet. – Wo empfang' ich das Geld?

SCHREIBER: Bei dem Quästor, nach Vorweisung dieses Zettels.

KATERMEIER: Gut.

(Beiseit:)

Hunde sind's doch. Sie wedelten sonst nicht so mit einem Schwanz von trügerischem Edelmuth.

SCHREIBER: Warte. Die Sporteln wird man von der Summe abzieh'n. Sie sind in dem Schein bemerkt.

KATERMEIER *(für sich:)* – Dacht' ich's nicht? – Ich gehe nach Haus und nicht zu dem rechenmeisterischen Quästor. Der specifikatzt (wie sie sagen) mir so viel Gebühren, daß ich auf die fünftausend Sestertien noch sechstausend zugeben muß. – Stinchen, siehst du? Du hättest es entweder nicht von mir leiden oder mich doch nicht verklagen sollen!

DIE KLOPP: Du hättest es mir nicht anthun sollen! Ich lege dir unsre Kinder vor deine Schwelle.

KATERMEIER: Das thu. Ich will den kleinen Plagen schon vorsichtig aus dem Wege gehn.

(Ab.)

DIE KLOPP: Und ihr Spitzbuben, Landsverkäufer, Katzenverkäufer, Links- und Rechtsverdreher, wer bezahlt meine Unschuld? Er hat sie, fort ist er, und ich muß hungern!

SCHREIBER: Gerichtsdiener, stopft der Person den Rachen.

DIE KLOPP: Rachen? Mund hast du zu sagen. Doch Rachen! O hätt' ich den, und dich Federfuchser unter meinen Zähnen, du solltest bald merken, wie du zu mausern anfingst!

PRÄTOR: Höre nicht auf ohnmächtige Wuth. Verzeih' ihr.

(Zu Gerichtsdienern:)

Führt sie fort und peitscht sie an der Gerichtsmark für ihr freches Maul zum Abschied.

VOLK: Sie durchpeitschen? Sie ist eine Freie!

(Die Gerichtsdiener haben ihr die Arme auf dem Rücken zusammengebunden und halten ihr den Mund zu.)

SCHREIBER: Mit Erlaubnis, ihr Herren, sie ward jetzt eine Gebundene.

(Die Klopp wird abgeführt.)

– Dietrich, Kläger, einerseits, contra Rammshagel, andrerseits. Kläger, trag' deine Beschwerden vor.

DIETRICH: Ich lieh' ihm 10 Goldstücke eures Geprägs –

SCHREIBER: Ein mutuum?

DIETRICH: Dumm war's.

SCHREIBER: Lernt Latein und erwägt, daß wir nur aus Nachsicht euer Idiom gebrauchen.

PRÄTOR *(zum Schreiber):* Den leichtzüngigen Galliern brachten wir innerhalb zehn Tagen unsre Sprache bei, diese hartmäuligen Germanen zwingen uns die ihrige auf.

SCHREIBER: Mit den Wölfen heulen, so lange man sie noch nicht ganz im Jagdnetz hat.

(Wieder zu Dietrich:)
Warum, wozu, auf welche Art und Weise liehest du ihm das Geld?

DIETRICH: Zu Stapelage, im Wirthshaus. Ich schoß es ihm vor zum Knöcheln.

PRÄTOR: Abgemacht. Beklagter ist frei. Spielschuld gilt nicht.

DIETRICH: Hölle und Himmel, die ist ja Ehrenschuld.

SCHREIBER *(zum Prätor)*: Was mögen die Buben unter Ehre verstehen?

RAMMSHAGEL: Dietrich, ich zahle nach einem halben Jahr. Ich kann nicht eher. Mein ältester Junge starb vorige Woche, und die Ärzte oder Quacksalber kosteten mir Geld über Geld, haben ihn auch auf ewig geheilt, in die kühle Erde. Gut. Ihn schmerzt nichts mehr. Er hat's besser als sein überlebender Vater. – Hättest mich nicht bei denen verklagen sollen.

DIETRICH: Da sie weit herkommen –

RAMMSHAGEL: Meintest du es wäre viel daran? Pah, sie suchten nicht vierhundert Meilen von Haus, hätten sie etwas daheim. – Schenk' mir ein paar Monde Frist; meine letzte Milchkuh erhältst du morgen auf Abschlag. Ich und die Meinen können uns gut mit Wasser behelfen.

DIETRICH: Alte Haut, behalte deine Kuh für dein Weib und deine Kinder. Ich schicke euch morgen eine zweite.

SCHREIBER: Der Ehebruch! Betheiligte, vor.

VOLK: Schrecklich! Wo sind die Geschworenen?

SCHREIBER: Eorum haud necessitas. Hic acta!

VOLK: Was pfeift der Gelbschnabel wieder? War's Gutes, wir verständen es.

(Dumpfe Stimmen:)

Fürst, Hermann, warum bist du fern von uns und lässest uns verloren und allein? Kehre zurück: wir haben Fürsten nötig!

SCHREIBER: Silentium! – Amelung, sprich.

AMELUNG: Jenes Weib ist seit zehn Jahren meine Frau. Vorgestern erfahr' ich zufällig, doch um so mehr zu meinem Entsetzen, daß es schon vor sechs Jahren die Ehe brach.

PRÄTOR: Ist das Alles? – Ehebruch und dergleichen dummes Zeug verjährt in fünf Jahren. Hättest du den Mund gehalten, man wüßte nichts von deinen Hörnern.

SCHREIBER: Ja, Amelung: si tacuisses philosophus mansisses!

VOLK: Ehebruch verjährt? Was wird alt?

PRÄTOR: Eure Kehlen schwerlich, wenn sie so unverschämt schreien. Seht neben mir die Arznei für Halsübel: Lictorenbeile.

SCHREIBER: Ah – der Hermann!

(Hermann kommt.)

Jürgen Roth

Die zwergigte Riesenkrabbe

Christian Dietrich Grabbe scheint ein Fall für die sachverständigen Kreise, die Literarhistoriker und ein paar manische Leser zu sein. Den Bühnen fremd, dem Publikum schnurzegal, döst Grabbes Werk, nachdem Naturalismus und Expressionismus dessen Bedeutung erkannt hatten, vor sich hin, und der ewige Friede ist mit ihm.

Warum die allerhand Botho Straußschen Schmarren und palettenweise unspielbare, nicht einer einzigen Aufführung würdige Kulturbetriebsware herunterorgelnden Bühnen den Detmolder Polterer ignorieren, muß nicht verwundern. Deren Impresarios kennen ihn einfach nicht. Indessen böte er sogar den tollkühnen Regietrotteln Stoff genug. Grabbes Lust an Gaunereien und die vielfache Absenz jeglichen Sinns prädestinieren ihn wenigstens für spätpostmoderne Wurstel- und Gaukeleien.

Nun gut oder schlecht oder wie, so leicht hatte es ja Grabbe selbst bekanntermaßen nicht, ein Mann, der seine öde, biedermeierlich verengte Jugend durch Legenden schauerlichster und bizarrster bürgerschreckender Art aufzumöbeln versuchte und aber von Friedrich Theodor Vischer lieber trocken ein »einfacher Schnappslump« gerufen wurde. Die Flucht gen Leipzig und später Berlin rettete nichts. Grabbes erstem Stück, dem *Herzog Theodor von Gothland*, steht bereits das Motto dieses elenden Lebens eingeschrieben: »Es ist kein Gott; [...] Allmächtige Bosheit also ist es, die den Weltkreis lenkt und ihn zerstört«.

Jener negative Hegelianismus, die finstere Teleologie des Übels, sympathisiert mit dem Rabaukentum, der Kraftmeierei und der rücksichtslosen Weltenstürmerei; und wieder nicht. Der Streithals und »betrunkene Shakespeare« (Heine), der es bewerkstelligte, Gönner um Gönner (bis zu

Immermann) gegen sich in Stellung zu bringen, weil ihm das Ruhige, Auskömmliche offenbar grundverdächtig war – der vormärzliche Dränger und Drängler, der praktisch jedes verfügbare Großthema anzupacken gedachte (acht geplante Dramen über die Hohenstaufen, dazu Alexander der Große, Jesus, Eulenspiegel usf., zzgl. unzähliger Romanprojekte) und meistens kollabierte: wußte schon einiges, u. a.: »Der Mensch / trägt Adler in dem Haupte / Und er steckt mit seinen Füßen in dem Kothe!« *(Gothland)*

Für den Lexikographen partiell ein »dramatischer Bahnbrecher« (Walter Killy [Hg.]: *Literaturlexikon – Autoren und Werke deutscher Sprache*, Gütersloh/München 1989), schätzt man wohl hie und da das Unbändige, Monströse, Gigantomanische und Brachiale der Kompositionen; ästimiert man Grabbes Impetus, der Dichter müsse »den wahren Geist der Geschichte [...] enträtseln« (Grabbe: *Marius und Sulla*) und schillerhaft oder goethisch eine Linie in den Kladderadatsch des historischen Hinundher und Aufundnieder zeichnen. Allein, neben den »blutrünstig detaillierten Schilderungen« und »gräßlichen Blasphemien« (Walter Jens [Hg.]: *Kindlers Literaturlexikon*, München 1989), den Büchner und J.M.R. Lenz mal eher kraftgenialisch, mal eher modern-episch beleihenden episodenhaften Strukturen, den Verknappungen einerseits, den kleistisch-klopstockigen Auswalzungen andererseits, neben den heterogenen Techniken und stilistischen Nuancierungen, die oft den Eindruck hinterlassen, Grabbe habe demonstrieren wollen, sämtliche verfügbaren Tonlagen imitieren zu können – treffen wir eine eigentümliche Bedachtsamkeit und Schwermut an, die sich zuweilen wunderbar mit einer kalkulierten satirischen Abweichung vermählt.

Schweigen wir gnädig über die verkommene, nicht ganz zu Unrecht den Nazis willkommene *Hermannsschlacht*. Grabbe, ein theatralischer Charakter par excellence, pries sie als »Koloß, auf durchaus neuen Wegen vorschreitend«;

ähnlich selbstaffiziert ramenterte er, teils aus purer Not, teils aus karrierekalkulatorischen Erwägungen, nahezu ununterbrochen. »Etwas Ausgezeichnetes« habe er stets geleistet. Den neuen Literaturmarktbedingungen »geldlicher Anerkennung« sicherlich geschuldet, paukte er pro domo, bis die Mauern bröselten (»*Heinrich VI* ist durch und durch ein Meisterstück«). »Ich bin fest überzeugt, wir machen großen Eclat«, predigt Grabbe seinem Verleger Georg Ferdinand Kettembeil und lobt das diabolisch verwurlte Teufelsdrama *Scherz, Satire, Ironie und tiefere Bedeutung*: »Schwerlich gibt es in der Literatur etwas Tolleres und Verwegeneres.« (Zit. n. Ladislaus Löb [Hg.]: *Grabbe über seine Werke – Christian Dietrich Grabbes Selbstzeugnisse zu seinen Dramen, Aufsätzen und Plänen*, Frankfurt/Main et al. 1991)

Von solchen nicht immer posierlichen Posen und Distinktionsbemühungen generös abgesehen, war Grabbe, der die klassizistische Organisation des Materials verschmähte und shakespearisch die Fabeln chaotisierte, daß es grandiose Laune macht oder die Lust schmerzlich verdirbt, ein hochgradig reflektierter *und* hoffnungslos verstrickter Autor, vor der Zeit eines entwickelten Kulturbetriebs, der den zwischen lachhafter Überheblichkeit und genuiner »Originalität« changierenden Textproduzenten hofiert hätte. Die posthum publizierte Selbstrezension zur Edition der *Dramatische Dichtungen* aus dem Jahr 1827 akzentuiert das Moment der Niederlage, des individuellen und genausosehr gesellschaftlichen Ruins, das man gemeinhin leichtfertig vergißt. »Dennoch spürt man«, heißt es da, »in seinen Stücken überall nur die Trümmer einer *zerstörten* Subjectivität«.

Erwägen wir zwei Stücke, je eines aus den kanonisierten zwei Werkphasen, der jugendlich-»ideellen« und der historisierenden; wir wissen nicht, ob obige Autoanalyse nicht die Betonung auf das *nur* hätte setzen müssen.

Don Juan und Faust, der »Schlußstein meines bisherigen Schaffens«, signalisiert, welch schwankenden Boden das moderne Subjekt betritt. Freilich, Grabbe rebelliert »gegen den letztlich immer in Harmonie und Einigkeit mündenden Entwicklungsgedanken« (*Kindlers Literaturlexikon*), monstert vs. Goethe – doch dies einzige zu Lebzeiten aufgeführte, dies einzige echte Nicht-Lesedrama Grabbes: zerfließt trotz Strenge und Kohärenz, nein: zerbricht vor alledem in *Stellen*.

Vieles an Grabbe ist krumm, grotesk formlos, wuchernd, wabernd und ächzend. Punktuell aber glitzert es, glimmt es, grollt oder gluckert der Text, entfaltet er prachtvolle Verschrobenheit und zarte Empathie. Grabbe war ein Zeilendichter. Den Vers verwarf er, obschon er ihn zu perfektionieren gedachte. Wo die Prosa der Verhältnisse – den geschichtsphilosophischen Wurf und Entwurf konterkarierend – zu sprechen beginnt, kommt er den verheerenden Ausweglosigkeiten des Daseins nahe.

Stringente Deutung möcht' man meiden. »Wißt Ihr denn nicht, daß jetzt ein großer Magus, / gekommen aus Norddeutschlands Eiseswüsten, / In Roma hauset und die Luft verpestet?« exponiert Don Juan die konfrontative Konstellation, welche die zwei wirkmächtigen europäischen Sagen amalgamiert. Und nun seien die mentalgeschichtlichen Armeen aufgerufen – zu marschieren hinweg über jene kleinen Momente, die Grabbes Werk bewahrens- und empfehlenswert erscheinen lassen.

Ich lese. Ich lese und vernehme z. B. Don Juans Credo, gewendet wider die Sinnhuber und Sinnenfeinde: »*Welten* können / Verwaist und ohne Seele rollen durch / Den leeren Raum, – doch wo ein fühlend *Herz* schlägt, / Da regen Welten, Sterne, Sonn und Mond, / Des Morgens Rot, des Abends falber Glanz, / Mit allem Schmerz und aller Freude, eng / Verschlungen sich im allerengsten Kreis – Gewaltger *Herz*- als *Welt*-Eroberer!«

Das ist zweifellos gegen die Politik gesagt, und Don Juan verkörpert nicht bloß den Antipoden zum verfallenen Sucher Faust, sondern zudem zum Welteneinreißer und -umwandler Napoleon. Alle drei Gestalten – Grabbes ausgezeichnete Hauptfiguren – besitzen ihr Recht. Bei Mozart/Da Ponte beseelt und adelt erst die Musik die »Leere des Wüstlings« (*Wolfgang Amadeus Mozart: Don Giovanni*, Frankfurt/Main/Leipzig 2000), bleibt das »Lügenmaul«, das Prinzip der Gottlosigkeit, blaß in seiner Standfestigkeit (»ich geb nicht auf und laß mich nicht verwirren, / kracht auch die Welt zusammen, / ich fürchte gar nichts«). Grabbe schenkt dem Mörder und Verschlinger, das Burleske des Tragischen forcierend (das Mozart ausarbeitete), Passagen eleganter Souveränität: naturrechtliche Exkurse etwa oder, an der Seite seines Dieners Leporello, der Commedia-dell'arte-Tradition folgend, dynamische, nonsensnahe Debatten.

Faust, zwischen Karikatur und eigenständiger Belebung des damals hoch im Kurs stehenden Stoffes, kann es mit Goethes Version aufnehmen. Der obligate Monolog zieht sämtliche Register, und wer Grabbe des nationalistischen Irrsinns zeihen will, findet Belege: »Was ist mir näher als das *Vaterland!* / Die *Heimat* nur kann uns beseligen, / Verräterei, die Fremde vorzuziehn! / Nicht *Faust* wär ich, wenn ich kein *Deutscher* wäre!« – Gleichwohl, er, der die Welt voller Hybris zu enträtseln trachtet, trägt weithin Züge des gemarterten Subjekts (»Und wenn ichs nicht im *Innern* spüre, führen / Nicht tausend Bibeln, tausend Paradiese, / Nicht alle Ewigkeiten mich zum Heil!«). Gekettet an den Ritter/Mephisto, schwermütig, weil der Ordo zerfiel und die Trümmer des neuen Zeitalters sich nicht zusammenfügen, weiß Faust, daß der Deus absconditus nicht wird wiederkehren. Unwiderruflich ist er ein »Gott, der ward / *Zerschlagen*«. Den Sitz im Glück, unterweist der Ritter den Gequälten, hat Don Juan: »Glück ist es, gleich / Dem Don Juan (von dem du viel magst lernen) / Stets zu genießen und den Magen nicht / Verderben, – Unglück ist es, daß dein Geist / Zu schwach ist zur Verdauung irdischer / Gesunder Speisen, und daher Luftbilder / Aufschnappt – «

Folgerichtig gewinnt Don Juan, der konsequente, forsche Gegner des Bürgerlichen, jener, der – emanzipiert statt melancholisch – »Ich« sagen kann und der Jenseitslüge spottet, die Gunst Donna Annas. Der entschiedene Wirklichkeitsbejaher lebt. Faust aber bleibt es vorbehalten, die Hölle auszumalen, die sich die Menschen bereiten: »Haben denn die Schlachten, / Hat der Ruin der Völker nur den Zweck / Von Märchen, die erfunden zur Belehrung? / Sind Welt*begebenheiten* weniger / als Welt*geschichte*? Jammer über uns! / Denn die Geschichte hat die Menschen nie gebessert!«

Don Juan und Faust leuchtet gerade durch seine antithetische Statik ein; nichts wird vermittelt, gelöst, aufgehoben. Die Protagonisten treffen einander nur zweimal, und der Spanier behält lässig die Oberhand. Die Widersprüche, die Grabbe auf zwei Figuren verteilte, bündelte er später in einer. *Napoleon oder die hundert Tage* verschmilzt die Trauer über den ewigen Übelstand, die Dummheit, die fatale Weltmechanik mit der Feier des Tatmenschen. Goethes *Faust* und Mozarts *Don Giovanni* auszustechen, hatte Grabbe beabsichtigt, den *Egmont* und den kompletten Schiller weist der komplexe, kaleidoskopartige, sprunghafte, rasante *Napoleon* gewißlich in die Schranken – trotz der schäumenden Ambitioniertheit des Unternehmens.

Man streift durch Geschichte, wechselt die Perspektiven gleich dem Photographen, springt von Schauplatz zu Schauplatz. Das bereitet Vergnügen, zumal der mimetische Blick Grabbes und die bisweilen beachtlichen Konzentrate des historischen Materials Miniaturdramen innerhalb des weiträumigen und zeitlich weit gespannten Handlungsrahmens schaffen.

Unmöglich, den Reichtum der Erscheinungen bündig zu würdigen. Die »Volksszenen« kennen wenig Ebenbürtiges, die präzis gebauten Argumentations- und Streitforen, die dem jakobinischen Aufrührer ebenso Platz bieten wie dem gewieften Schneidermeister, der en passant eine Semiotik der politischen Mode formuliert. Als sei ihm alles zu Hand, skizziert Grabbe makaber realistische Händel, höfische Zeremonien, Kabinettszüge, Tumulte und Schlachten. Boten rasen, Mächtige räsonieren, Soldaten wüten. Und während Grabbe hellsichtig den preußischen Kadavergehorsam parodierte und das militärische Männerbündlertum, richtete er inmitten des Getümmels jenen »Schwerenotskerl« auf, den er so verehrte – um ihn sein Urteil über das Walten des Weltgeistes (zu Pferde) exekutieren zu lassen.

»Nicht Völker oder Krieger haben mich bezwungen – Das Schicksal war es«, sinniert Napoleon noch am Strand Elbas, und die Marxsche Farce, die Grabbe als eigentliche, gesteigerte Tragödie begriff, soll folgen. »Ja, anders, anders muß es werden, – Blut und Tod!« schreit die Straße, »die Welt ist überreif«; und sie ist es, den Irrsinn zu wiederholen, gewaltsamer, rauschhafter.

Der *Napoleon* betrauert, die Rückseite des *Don Juan* bildend, das endlos sinnlose irdische Gewürge. Er mildert hie und da den Alp der Geschichte durch burleske Ausschmükkungen und komische, satirische Zuspitzungen des Gräßlichen, doch die List der Unvernunft, welche die Partei des Fortschritts zur Kapitulation, zur Flucht zwingt, verdunkelt den Prospekt der (europäischen) Historie. Besiegt bei Waterloo, hinterläßt der einst titanische Korse, ein zerfallender, *zerschlagener* Mythos, sein (und Grabbes) Testament, offenen Auges sehend, daß das Scheitern der Aufklärung besiegelt ist: »Da stürzen die feindlichen Truppen siegjubelnd heran, wähnen die Tyrannei vertrieben, den ewigen Frieden erobert, die goldne Zeit rückgeführt zu haben – Die Armen! Statt eines großen Tyrannen, wie sie mich zu nennen belieben, werden sie bald lauter kleine besitzen, – statt ihnen den ewigen Frieden zu geben, wird man sie in einen ewigen Geistesschlaf einzulullen versuchen, – statt der goldnen Zeit, wird eine sehr irdene, zerbröckliche kommen, voll Halbheit, albernen Lugs und Tandes.«

Grabbe hat einiges geahnt, ausgesprochen, zuviel dessen, was er artikulierte, verschüttet und vergraben. Er spürte es – in ironischer Wendung, einer Volte, die das reale Drama am ehesten ertragen hilft. Am Schluß des Frühwerks *Scherz, Satire, Ironie und tiefere Bedeutung* tritt der Autor auf und verkündet: »Das ist der vermaladeite Grabbe, oder wie man ihn eigentlich nennen sollte, die zwergigte Krabbe, der Verfasser dieses Stücks! Er ist so dumm wie'n Kuhfuß, schimpft auf alle Schriftsteller und taugt selber nichts […]!«

Mehr kann ein Dichter, ein scheiternder und nicht eben geringer, vielleicht kaum preisgeben.

IV

»Lärm gibt's! Abgang auch!«
Kritik und Kollegen

Christian Dietrich Grabbe

Der deutsche Parnaß

BARON *(zornig)*: Reimschmiede, die so dumm sind, daß jedesmal wenn ein Blatt von ihnen ins Publikum kommt, die Esel im Preise aufschlagen, heißen ausgezeichnete Dichter, – Schauspieler, die so langweilig sind, daß alles vor Freude klatscht, wenn sie endlich einmal abgehen, heißen denkende Künstler, – Vetteln, deren Stimmen so scharf sind, daß man ein Stück Brot damit abschneiden könnte, tituliert man echt dramatische Sängerinnen! – Die Muse der Tragödie ist zur Gassenhure geworden, denn jeder deutsche Schlingel notzüchtigt sie nach Belieben und zeugt mit ihr fünfbeinige Mondkälber, welche so abscheulich sind, daß ich den Hund bedaure, der sie anpißt! – Die Wörter: »genial, sinnig, gemütlich, trefflich« werden so ungeheuer gemißbraucht, daß ich schon die Zeit sehe, wo man, um einen entsprungenen, über jeden Begriff erbärmlichen Zuchthauskandidaten vor dem ganzen Lande auf das unauslöschlichste zu infamieren, an den Galgen schlägt: N. N. ist sinnig, gemütlich, trefflich und genial! – O stände doch endlich ein gewaltiger Genius auf, der mit göttlicher Stärke von Haupt zu Fuß gepanzert, sich des deutschen Parnasses annähme und das Gesindel in die Sümpfe zurücktriebe, aus welchen es hervorgekrochen ist!

(Aus: Scherz, Satire, Ironie und tiefere Bedeutung)

Christian Dietrich Grabbe
An Ludwig Tieck

Hochverehrter Herr!

Nahe am Untergange, blicke ich noch einmal auf der Erde umher und sehe keinen, keinen als Sie, zu dem ich mich wenden möchte; ich flehe um nichts, als diesen Brief zu lesen.

Ich bin in Lippe-Detmold von armen Eltern geboren; sie waren töricht genug, mich auf das Gymnasium zu schicken und dadurch meiner Seele Gelegenheit zum Erwachen zu geben; ich machte bald in den Wissenschaften bedeutende Fortschritte und überflügelte vielleicht manche meiner Lehrer; selbst die Fürstin Pauline wurde auf mich sehr aufmerksam und bezeugte mir persönlich ihr tätiges Wohlwollen. Mein damaliger Vorsatz, zu dem mich mehrere Verbindungen in Hannover ermunterten, war, Reisender in Diensten der Londoner wissenschaftlichen Sozietät zu werden, und ich brachte es wirklich in der mathematischen und physischen Geographie, Astronomie und Naturgeschichte so weit, daß ich mich noch jetzt stehendes Fußes einem Examen glaube unterwerfen zu können. Mittlerweile wurde aber der lippische Oberarchivar mit mir bekannt; er fand, daß ich mir nebenbei eine mehr als gewöhnliche Kenntnis der Geschichte erworben hatte, und machte mir Hoffnung, dereinst sein Adjunkt zu werden. Bei dieser Aussicht auf die einzige Versorgung, welche im Vaterlande für mich paßte, ließ ich alle übrigen Pläne fahren und widmete mich bloß antiquarischen, historischen und politischen Studien. Daß ich während der Zeit auch alttestamentarische Exegese getrieben habe und daß mir ein Stipendium von 400 Talern angeboten wurde, wenn ich Theolog werden wollte, lautet sonderbar, ich vermag es indes gleichfalls zu beweisen. – Nun wird es gewiß jeder, dessen Inneres sich so gewaltsam und verschiedenartig entwickelt hat, wenigstens nicht unnatürlich finden, daß mitunter auch einige äußerlich etwas heftige Ausbrüche des jugendlichen Mutes zum Vorschein kamen; meine etwas kleinstädtischen Landsleute mochten oder wollten dies jedoch nicht begreifen. Sie beurteilten mich nach ihrer engherzigen Kritik, und ich merkte, daß es um meine Laufbahn im Lippischen getan sei. Vielleicht ist es gut, daß sich alles so gewendet hat; denn daß ich in einem Lande, wie meine Heimat, zu dem erbärmlichsten Brotgelehrten hätte versauern müssen, leidet wohl keinen Zweifel – auch flüchtete ich mich in jener Zeit, wo mich die Menschen meiner Umgebung verließen, zum erstenmal in das heitere Reich der Kunst und suchte mir Trost und Hoffnung daraus zu holen. Um aber, da es zu spät war, wieder Schuster oder Schneider zu werden, eine Karriere einzuschlagen, welche mir eine ziemliche sichere Aussicht auf Beförderung darbot, entschloß ich mich, die Jurisprudenz zu studieren und mich dann in Preußen examinieren zu lassen. Als ich mich nun nach zweijährigem Besuche der Leipziger Universität, welcher meinen unglücklichen Eltern den letzten Heller gekostet hatte, zur Prüfung in Berlin melden wollte, suchte ich mir das nötige Geld durch Schriftstellerei zu verschaffen, und ich verfertigte das von Ihnen so gütig aufgenommene Trauerspiel. Aber kein Verleger wagte sich damit zu befassen, obgleich es mir in Berlin eine Menge Freunde zuzog, von deren Unterstützung ich daselbst ¾ Jahr gelebt habe. Ich dachte, daß es mir mit einem Lustspiele vielleicht besser glücken würde, und ich vollendete daher das Ihnen übersandte Stück; es hat auch in einer Gesellschaft, in welcher es damals vorgelesen wurde, beinahe Furore gemacht; ich war indes zu scheu geworden, es einem Verleger anzubieten, und da ich grade zu derselben Zeit den nachsichtsvollen Brief von Ihnen erhielt, so überschickte ich es Ihnen und entschloß mich, Ihr Urteil abzuwarten. Mittlerweile rückten mir aber die Not und der Mangel immer näher, und ohngeachtet ich unter mehreren mir kurz vorher noch wildfremden Menschen soviel Liebe fand, daß ich sie um mich weinen sah, so mochte ich doch nicht länger von ihrer Gnade leben, und ich suchte in ein selbständiges Verhältnis zu kommen. Ich erinnerte mich des Talents, welches von jeher als mein größtes angesehen worden war, und meldete mich bei der Berliner Bühne zum Schauspieler. Aber ohngeachtet alle meine Bekannten für mich sprachen, ohngeachtet ich verlangte, daß man mich nur aus der Türe werfen möchte, wenn ich in irgendeiner Probe nicht bestände, so konnte ich es auch nicht einmal dahin bringen, daß ich zu einer mündlichen Unterredung vorgelassen wurde. Nun galt es das Letzte, ich verließ vor acht Tagen Berlin und reiste nach Leipzig, um an dem hiesigen Theater mein Glück zu versuchen. Da sitze ich nun seit vorgestern und weiß nicht, ob ich zu dem Dr. Küstner hingehn soll oder nicht; ich kenne hier keinen einzigen Schauspieler, falle allen in ihre Rollen, kann leicht ihren Neid erregen, und es wäre mit mir zu Ende, wenn mir ihre Intrigen auch diese Hoffnung abschneiden sollten; Geld, Kleider, selbst beinah Papier und Tinte sind mir ausgegangen, und wenn ich mich vorstellen lassen will, so muß ich gewärtigen, daß mir wegen meines schlechten Rockes die Tür gewiesen wird. Wenn meine Buchstaben schreien könnten, so würden Ew. Wohlgeboren antworten; ich rufe Sie bei allen Heiligen an, mir einige kurze Stunden zu widmen und mein Lustspiel zu lesen und mir, wenn es irgend möglich ist, in zwei Tagen darauf zu antworten; es ist keine Frechheit, daß ich Sie hierum bitte, es ist Verzweiflung; vielleicht kann ich das Lustspiel, wovon Sie das einzige Manuskript besitzen, mit Hülfe Ihres Briefes, der deshalb wahrlich nicht günstig zu sein braucht, da ein Brief von Tieck schon an und für sich genug ist, an einen Buchhändler verkaufen; auch versichere ich Ihnen nochmals auf meine Ehre und fordere Sie auf, mich zu verlassen, wenn Sie es anders finden sollten, daß ich ein höchst bedeutendes Talent zum Schauspieler besitze, und ersuche Sie, mir gütigst mitzuteilen, wenn sich vielleicht in Dresden eine Aussicht für mich eröffnen sollte, – o verstoßen Sie mich nicht! Wer weiß, wo ich in acht Tagen bin, wenn ich keine Antwort von Ihnen erhalten sollte! Nur eine kurze Antwort! Sie werden es nicht bereuen, mich beschützt zu haben, denn ich habe noch nie Feinde, sondern höchstens Neider gehabt. Verzeihung, Verzeihung, wenn ich zu kühn gewesen bin! – Stets

Ew. Wohlgeboren

Leipzig, den 8. März 1823. gehorsamster Grabbe.

(Adresse: Fleischergasse, Nro. 241, bei Herrn Rost.)

Nachschrift.

Seit Neujahr habe ich ein ländlich-heitres Trauerspiel in 3 Akten geschrieben, und ich wage hiemit anzufragen, ob ich es Ihnen übersenden darf, wenn ich es erst reinlich kopiert habe? Jetzt arbeite ich an einem streng-historischen Stücke: »Sulla«. – Meine Lage entschuldige alles Inkonventionelle dieses Briefes!

Stets
Ihr
ergebner Grabbe.

Christian Dietrich Grabbe

An Georg Ferdinand Kettembeil

Freund Kettembeil,

anbei der Tiefsinn, ausstaffiert mit *Vorwörtern.* Das schlechte Äußere, in specie die vielen Korrekturen der Vorreden, bitte ich zu verzeihen. Hoffentlich ist alles zu lesen.

Und nun? Ich glaube, die Stücke sind unter sich gut geordnet – (ich habe sie nach der Reihenfolge mit lateinischen Nummern versehen) – die ziemlich unschuldige ›Nannette‹ als Nr. 1 im Drucke voran, denn mindestens in den beiden ersten Aufzügen (hier nicht *Akten*) wird sie den überwiegenden Teil deutscher Belletristen (deren poetisches Talent in *Verlieberei* besteht) für sich gewinnen. Du kannst dies selbst an einem Verliebten probieren. Die ›Nannette‹ ist der *Köder*, hat der Fisch (nach dem vielen Wasser, welches von den Poeten und Kritikastern fließt, sollte man sie in der Tat für Fische oder für etwas noch Schlimmeres halten) ihn angebissen und im Halse stecken, so hängt er an der *Spitze der Angel* um so sicherer – diese vorderste Spitze ist der Mr. Gothland sub Nr. 11. Vor demselben stehe der Brief von Tieck, der flößt den guten Leuten Achtung und Bedenken ein, und pto. seiner schlimmen Äußerungen (die mir sehr angenehm sind, weil sie das dabei gespendete Lob nebst Erschrecken, Verwunderung pp. um so unparteiischer machen) bin ich klug genug, bei denselben à la Müllner hinter der culpa lata (Schuld) einige ersprießliche Bemerkungen gemacht zu haben, die ich bei dem Druck gern in der gewöhnlichen Art unter den Text des Briefes gesetzt sähe. Nun ist's ein Spaß, daß die 2 ersten Akte des ›Gothland‹ (die dritten Personen oft die besten, mir die unbedeutendsten scheinen) grade die *mildesten* sind, aber von Mitte des dritten Aktes, wenn der Wolf sich schon auf den Spieß gefressen hat, muß derselbe vorwärts, er mag nun schimpfen oder brüllen oder sich entsetzen oder bewundern. Immer gibt's ein Aufsehen. – Dem ›Gothland‹ folgt das Lustspiel, zwar aus den nämlichen Grundansichten entsprungen, aber in der äußeren toll-komischen Erscheinung ein vollkommener *Kontrast* des so tragischen Gothlands. Kontraste wirken auf dumme Leute am ersten, die Kinder malen Schwarz neben Weiß, – nun sind die meisten Menschen dumm, also pp. Fehlt auch alles, *imponieren* müssen wir. – Den Schluß macht ›Sulla‹, noch nicht vollendet; er darf aber nach meiner *klaren* Überzeugung nicht fehlen, besonders da er zeigt, daß der Autor (nicht auctor) sich vielleicht auf historischen Blick versteht und beizu auch in jener *früheren Zeit* (v. die Vorrede) schon *Volksszenen* individualisiert à la Shakespeare (v. ›Sulla und Marius‹, 2. Akt) schildern konnte, welches angebliche Talent ziemlich rar ist und sich aus Verfassers übrigen Stükken nicht spüren läßt. Das Fragment hat Tollheiten und gewaltige Stellen genug, um sich produzieren zu können. Es ist nicht der ›Sulla‹, den Du in Leipzig hörtest, sondern ein in Hannover umgearbeitetes Stück. – Übrigens veranlaßt es auch zur Frage, ob es fortzusetzen sei – da muß Antwort kommen, und ich bin endlich klug genug geworden, nie anders zu *fragen* (zu harpunieren), als wenn ich eine nießnutzende *Antwort* (einen Walfisch) spritzend angezogen kommen sehe. – Eine Saite hat wenigstens jeder Gebildete, welche bei Lektüre meiner 4 Tiere (dear, Teure, vi, Vieh, Vieh – (loso-) Vieh) anschlägt. – Der Köchy, er, der lange (wie ich brieflich beweisen kann) verzagt war, weil er ganz ohne Grund glaubte, ich hielte ihn nicht für poetisch genug, läßt Dramen in Breslau und Kassel aufführen? – Wie! tausend Teufel! ich speie in die sogenannte Poesie! ich halte das Herz für eine in das unrechte Loch gelaufene Billard-Kugel! ich bin, wenn ich eitel bin, eher auf alles andere eitel als auf meine früheren Poesie-Produkte, – ich fühle, sie jetzt weit überflügeln zu können, aber, bei meinem Mephisto, sollte ich mich irren oder haben meine Dir überschickten Dramen nicht mehr Kern, Feuer pp. als die Eseleien der sämtlichen heutigen Dramatiker? Diese letzteren Herrn sind fein, oft regelrecht (wie die Ignoranten nach Maßgabe ihrer Kritik meinen) – aber das *auch* zu werden, ist mir jetzt wahre *Kleinigkeit*, – machen die Herren nur erst Bilder, Gedanken, Pläne, Entwürfe, verschiedene Charaktere, wie ich sie vor 5 Jahren machte. Dies ist keine Prahlerei, – wollt ich mir jetzt auf Poesie etwas einbilden, das wäre, als wenn ein Schmidt sich damit rühmte, daß er sich für einen Tailleur ausgäbe – in einer Sache, die mir *innerlich* schon lange, jetzt auch der äußeren Lage nach nicht relevant war, kann ich wohl ohne Verdacht der Selbstschmeichelei sprechen. –

Die Vorworte! (Vor*wörter* dem Sinne nach? Nein!) – Glaub mir, sie schützen, sie helfen. Tiecks Brief gleichfalls. Manches kann stehenbleiben, weil die Vorreden *davor* stehen. Bei Betrachtung der Total-Vorrede und der den Stücken II, III, IV speziell vorgesetzten Notizen wirst Du finden, daß ich ex officio die Hessen-Darmstädtische Militär-Zeitung lese und je höher schieße, je niedriger ich in der Ferne treffen will. Meine Vorreden sind so trocken, daß sie vielleicht manche Stelle der Stücke retten. Ich kann übrigens nicht nähen, und mein Kopist hat fast noch mehr zu skribeln als ich – hefte Du die losen (losliegenden) Vorworte mit einer Stecknadel an den resp. Stellen fest, sie fallen sonst heraus.

Und nun, da ich einmal die Pastete überschicke, so rate ich auch, laß *drucken*. Lärm gibt's! Abgang auch! Die Inmoralität übernehme ich oder das »Ganze der Komposition«! Hierzulande allein wird man eine Masse Exemplare kaufen (einer meiner Landsleute, ein reicher Kaufmann, ist jetzt in Frankfurt beim Prof. Herling, – er kennt mich, und willst Du Dir einen Spaß machen, so besuch ihn in meinem Namen und bring ihn auf mich – sprich aber nicht von früheren Verhältnissen, – er heißt Meyer) – , die Berliner Clique, aus denen sich soviele Schriftsteller entwickeln, obgleich bei der dürren Hitze sonst wenige Würmer hervorkriechen, wird rasend werden. – Mon dieu, ich hätte gern noch einmal die Welt zum Narren, und Du hast mir die Lust geweckt, auch läge ich gern einmal 1 Jahr in Paris – ich versichere Dich (oder Dir), ich habe einen Roman unter der Faust gehabt, der umfassender wie meine 4 Stücke zusammen ist, – ich habe ihn, wie so vieles liegen lassen, – Journal-, Bücher-, Kritik-, Theater-, Musik-Ideen, Politik, Geographie, Jurisprudenz durchkreuzten mich – manches ist schwarz auf weiß (welche Farbe Preußen wegen seiner schlechten Schriftsteller angenommen) –, aber ich will ewig verflucht sein (möchte ich ausrufen), wenn ich eher etwas drucken lasse, als bis ich durch den Druck des früheren Zeuges so weit gekommen bin, daß man mir entgegenkommt. Toll will ich eintreten und vernünftig enden. Wirst Du aber wirklich mein erster Verleger, so sollst Du auch mein *steter* Verleger bleiben und Einfluß auf meine Arbeiten haben.

Neulich nicht, aber jetzt bitte ich *um baldige Antwort.* Streich, arbeite in den übersandten Stücken wie Du willst, – ich weiß, Du bist mäßig, wärest Du es aber auch nicht, – tout egal. Wo möglich laß die Angriffe auf die Schriftsteller stehen, *denn* Persönlichkeiten ziehen an, und die Herren sind teils unbedeutend, teils hilft auch bei ihnen das Vorwort, – ich habe oft durch Grobheit Liebe oder doch Furcht gewonnen.

Detmold, den 1. Juni 1827.

Christian Dietrich Grabbe

Ach, die Gedanken!

ZWEITE SZENE

Rattengifts Zimmer.

RATTENGIFT *(sitzt an einem Tische und will dichten)*: Ach, die Gedanken! Reime sind da, aber – die Gedanken, die Gedanken! Da sitze ich, trinke Kaffee, kaue Federn, schreibe hin, streiche aus, und kann keinen Gedanken finden, keinen Gedanken! – Ha, wie ergreife ichs nun? – Halt, halt! was geht mir da für eine Idee auf? – Herrlich! göttlich! eben über den Gedanken, daß ich keinen Gedanken finden kann, will ich ein Sonett machen, und wahrhaftig dieser Gedanke über die Gedankenlosigkeit, ist der genialste Gedanke, der mir nur einfallen konnte! Ich mache gleichsam eben darüber, daß ich nicht zu dichten vermag, ein Gedicht! Wie pikant! wie originell! *(Er läuft schnell vor den Spiegel.)* Auf Ehre, ich sehe doch recht genial aus! *(Er setzt sich an einen Tisch.)* Nun will ich anfangen! *(Er schreibt.)*

SONETT.

Ich saß an meinem Tisch und kaute Federn,
So wie – –

Ja, was in aller Welt sitzt nun so, daß es aussieht wie ich, wenn ich Federn kaue? Wo bekomme ich hier ein schickliches Bild her? Ich will ans Fenster springen und sehen, ob ich draußen nichts Ähnliches erblicke! *(Er macht das Fenster auf und sieht ins Freie.)* Dort sitzt ein Junge und kackt – Ne, so sieht es nicht aus! – Aber drüben auf der Steinbank sitzt ein zahnloser Bettler und beißt auf ein Stück hartes Brot – Nein, das wäre zu trivial, zu gewöhnlich! *(Er macht das Fenster wieder zu und geht in der Stube umher.)* Hm, hm! fällt mir denn nichts ein? Ich will doch einmal alles aufzählen, was kauet. Eine Katze kauet, ein Iltis kauet, ein Löwe – Halt! ein Löwe! – Was kauet ein Löwe? Er kauet entweder ein Schaf, oder einen Ochsen, oder eine Ziege, oder ein Pferd – Halt! ein Pferd! – Was dem Pferde die Mähne ist, das ist einer Feder die Fahne, also sehen sich beide ziemlich ähnlich – *(Jauchzend.)* Triumph, da ist ja das Bild! Kühn, neu, calderonisch!

Ich saß an meinem Tisch und kaute Federn,
So wie *(indem er hinzuschreibt)*
der Löwe, eh der Morgen grauet,
Am Pferde, seiner schnellen Feder kauet –

(Er liest diese zwei Zeilen noch einmal laut über und schnalzt mit der Zunge, als ob sie ihm gut schmeckten.) Nein, nein! So eine Metapher gibt es noch gar nicht! Ich erschrecke vor meiner eignen poetischen Kraft! *(Behaglich eine Tasse Kaffee schlürfend.)* Das Pferd eine Löwenfeder! Und nun das Beiwort »schnell«! Wie treffend! Welche Feder möchte auch wohl schneller sein als das Pferd? – Auch die Worte »eh der Morgen grauet!« wie echt homerisch! Sie passen zwar durchaus nicht hieher, aber sie machen das Bild selbstständig, machen es zu einem Epos im kleinen! – O, ich muß noch einmal vor den Spiegel laufen! *(Sich darin betrachtend.)* Bei Gott, ein höchst geniales Gesicht! Zwar ist die Nase etwas kolossal, doch das gehört dazu! Ex ungue leonem, an der Nase das Genie!

TEUFEL *(tritt ein):* Bon jour, Herr Rattengift!

RATTENGIFT *(dreht sich um und indem er den Teufel begrüßen will, erblickt er dessen Pferdefuß, von dem die Tücher heruntergefallen sind)*: Allmächtiger, der Teufel! *(Er sucht bei dem Teufel vorbeizufliehen und die Türe zu gewinnen.)*

TEUFEL *(sieht seinen bloßen Pferdefuß und stampft wütend damit auf die Erde)*: Abscheuliche Unvorsichtigkeit! *(Zu Rattengift.)* Entsetzen Sie sich nicht! Ich habe Ihre Gedichte gelesen!

RATTENGIFT *(auf einmal geschmeidig)*: Haben Sie? haben Sie?

TEUFEL: Ja, und sie haben mir ausnehmend gefallen.

RATTENGIFT *(ganz zutraulich)*: O, Sie erteilen mir ein Lob, welches ich kaum – Sie dichten selbst?

TEUFEL: Ich –

RATTENGIFT *(läßt ihn gar nicht zu Worte kommen)*: Sie müssen dichten! Versuchen Sie! Sie werden herrliche Gedichte machen!

TEUFEL *(beiseit)*: Weil ich die seinigen gelobt habe.

RATTENGIFT: Nur bitte ich Sie, einen andren Namen als den Ihrigen, unter Ihre Poesien zu schreiben. Nicht etwa, wie es jetzt Mode ist, deswegen, weil Sie sich Ihrer Gedichte schämen müssen, sondern um das Charakteristische Ihres Namens zu verbergen. Wie sich z. B. jemand, dem es sehr winklig und düster im Kopfe ist, hell nennen könnte, so können Sie sich ja Engel, Himmel oder Tugend titulieren.

TEUFEL: Sie geben mir einen befolgenswerten Rat, Herr Rattengift! – Übrigens habe ich schon mehrere Werke ans Licht gestellt, wie erst kürzlich die Französische Revolution, ein Trauerspiel in vierzehn Jahren, mit einem Prologe von Ludwig XV. Das Stück ist aber außerordentlich schlecht aufgenommen worden, besonders wegen des Fehlers, daß es die Kritiker guillotinierte. Auch kann ich es, ohngeachtet mancher Freunde, die im Stillen daran arbeiten, weder in Preußen, Österreich, noch England zum zweiten Male auf die Bühne bringen. Die Zensur ist zu strenge. Jedoch habe ich Hoffnung, daß man es in Spanien mit einigen unbedeutenden Varianten wieder aufführen wird. – Jetzt beschäftige ich mich mit einem Possenspiele, welches unter dem Titel: der griechische Freiheitskampf vom Verfasser der Französischen Revolution, im Verlage des türkischen Kaisers erscheint.

RATTENGIFT: Ihre Werke, die ich, wie ich nun sehe, schon seit langem kenne, ohne zu wissen, daß sie von Ihnen sind, haben unleugbar etwas Gigantisches, Herr Teufel! Aber der Unwahrscheinlichkeiten, der Freiheiten, die Sie sich mit Zeit und Ort herausnehmen, sind doch allzuviele! Und nun gar die Verse, die Verse! Auch möchten die Ansichten von der Welt, welche sich darin zeigen –

TEUFEL: Wissen Sie auch, was die Welt ist?

RATTENGIFT: Welche Frage? Die Welt ist der Inbegriff alles Existierenden, vom kleinsten Würmchen bis zu dem ungeheuersten Sonnensystem.

TEUFEL: So will ich Ihnen denn sagen, daß dieser Inbegriff des Alls, den Sie mit dem Namen Welt beehren, weiter nichts ist, als ein mittelmäßiges Lustspiel, welches ein unbärtiger, gelbschnabeliger Engel, der in der ordentlichen, dem Menschen unbegreiflichen Welt lebt, und wenn ich nicht irre, noch in Prima sitzt, während seiner Schulferien zusammengeschmiert hat. Das Exemplar, in dem wir uns befinden, steht, glaube ich, in der Leihbibliothek zu X, und eben jetzt wird es von einer hübschen Dame gelesen, welche den Verfasser kennt und ihm heute abend, d. h. über sechs Trillionen Jahre, beim Teetische ihr Urteil darüber mitteilen will.

RATTENGIFT: Herr, ich werde verrückt! – Ist die Welt ein Lustspiel, was ist denn die Hölle, die doch ebenfalls in der Welt ist?

TEUFEL: Die Hölle ist die ironische Partie des Stücks und ist dem Primaner, wie das so zu gehen pflegt, besser geraten als der Himmel, welches der bloß heitere Teil desselben sein soll.

RATTENGIFT: Und wirklich wäre die Hölle weiter nichts? Wie – wie werden denn die Verbrecher bestraft?

TEUFEL: Einen Mörder lachen wir so lange aus, bis er selber mitlacht, daß er sich die Mühe nahm, einen Menschen umzubringen. Die härtste Strafe eines Verdammten aber besteht darin, daß er die Abendzeitung und den Freimütigen lesen muß und sie nicht anspucken darf.

RATTENGIFT: Gott im Himmel, Herr Teufel, ich merke, daß man in der Hölle nicht nur meine Gedichte, sondern die ganze deutsche Literatur kennt! Wie erklärt sich das?

TEUFEL: Ganz natürlich! In die Hölle kommt nicht allein das Böse, sondern auch das Jämmerliche, Triviale: so sitzt der gute Cicero ebensowohl darin, als wie der schlechte Catilina. Da nun heutzutage die neuere deutsche Literatur das Jämmerlichste unter dem Jämmerlichen ist, so beschäftigen wir uns vorzugsweise mit dieser.

RATTENGIFT: Ei, wenn die deutsche Literatur in der Hölle das Hauptgeschäft ist, – was mag es denn darin für kuriöse Nebenbeschäftigungen geben?!

TEUFEL: Nu, in den Nebenstunden machen wir gewöhnlich aus den Geistern, weil sie unsichtbar und deshalb auch durchsichtig sind, Fensterscheiben oder Brillengläser. So hatte neulich meine Großmutter, als sie die sonderbare Grille bekam, das Wesen der Tugend einzusehen, sich die beiden Philosophen Kant und Aristoteles auf die Nase gesetzt; da es ihr aber dadurch nur immer dunkler vor den Augen wurde, so machte sie sich statt dessen eine Lorgnette aus zwei pommerschen Bauern, und konnte nun so deutlich sehen, als sie nur wollte.

RATTENGIFT *(die Hände über dem Kopfe zusammenschlagend)*: Merkwürdig! merkwürdig!

(Aus: Scherz, Satire, Ironie und tiefere Bedeutung)

Christian Dietrich Grabbe

An Georg Ferdinand Kettembeil

Alter Freund,

die »Iris«-Rezension gefällt mir, sie nützt uns, wir sind doch außerordentlich oder ungeheuer, auch geht sie nur bis pag. 25 und doch 2 Blätter. Den 2. Band hat aber der Rez. offenbar nicht gelesen, er hätte den Poeten sonst im allgemeinen anders beurteilt. Man sieht aber, daß es passable mit uns gehen wird, wenn auch nicht mit geistiger, doch mit geldlicher Anerkennung. Ich eine Rezension in die ›Hallesche Literaturzeitung‹? Wohlan! Kurz und schlecht:

Dramatische pp.

»Der Verfasser (wie es scheint, ein juristischer Geschäftsmann in der Stadt Detmold im Fürstentum Lippe) eröffnet die Vorrede zu diesem Buche mit der Erklärung, daß ihm seine jetzt gedruckten dramatischen Werke längst fremd geworden seien. Die Vorrede ist in seinem so kalten, sich selbst belächelnden Stile geschrieben, daß man diesem Geständnis fast Glauben schenken könnte. Die hier gedruckten Stücke bestehen in ›Herzog‹ pp., Trauerspiel pp.; ›N. u. M.‹, e.t.Sp.; ›S., S., I. u. t.B.‹, e.L. pp.; ›M. u. Sulla‹, e.Tr. und in einer Abhandlung ›Über die Shakespearo-Manie‹. Dem ›Herzog Gothland‹ ist ein Schreiben L. Tiecks vom 6. Dez. 1822 beigedruckt, nach welchem ihm zwar »sein wahres Urteil grade bei diesem Stück schwerfällt«, aber das Resultat darin besteht, daß das Werk »ihn angezogen pp. – gewonnen«.

Rez. hat lange Jahre den Gang der poetischen Literatur beobachtet, aber eine im ganzen so niederschlagende und dennoch hie und da erhebende Erscheinung wie diese dramatischen Dichtungen bilden, ist ihm noch nie vorgekommen. Offenbar ist der Verfasser in mehr als einer Rücksicht untergegangen, mit Ernst und mit Spott scheint er alles

Sittliche und Ideale zertrümmert zu haben, er selbst ist mit sich uneins, er ist sich nichts, deshalb ihm auch die Welt. Die Tragödie ›Gothland‹ enthält den Kampf eines *Negers (Berdoa)* mit dem Herzoge *Gothland*, dem *Repräsentanten der Europäer*. Der Neger ist mit Farben gezeichnet schwarz wie er selbst, und Gothland, ein kühner, aber schwacher Mensch, erstarrt endlich zu einem Bösewicht, der den Neger noch überbietet. Beide Personen bekämpfen unter vielen Wechselfällen sich fortdauernd und gehen endlich beide unter. Das Merkwürdige bleibt dabei, wie bei den trefflichsten poetischen Stellen, fast auf jeder Seite, wirklich mit dem Neger ein wahrer Samum verheerend durch das Stück weht, der alles Gemütliche und rein Menschliche darin zerstört. Wenn Berdoa »fast mit Vision« sagt:

»Sinne öffent eure Tore

– Amen«,

so bezeichnet er damit nur den Geist des Stückes. Rez. scheut sich, hier ein Mehreres auszuziehen, nur den neugierigen Kenner könnte er dabei interessieren, – dem Verfasser indes ist zu raten, nicht im *Zerstören*, sondern im *Aufbauen* des Edlen seinen Ruhm zu suchen.

Das tragische Spiel ›Nannette und Maria‹ ist eine *Skizze*, nichts weiter. Es sind jedoch *Szenen* darin, wie sie sich nur in den besten Liebestragödien vorfinden mögen; man nehme nur die erste, die wir hier zur Probe ganz abdrucken lassen

– –

Wie schön und naiv! – – aber der Dichter scheint Langeweile gefühlt und Ende des 3. Aktes alles über den Haufen geworfen zu haben.

›Scherz, Satire pp. – – ‹, ein Lustspiel, wird bei jedem lautes Lachen erregen, doch im Grunde nur ein Lachen der Verzweiflung. Um alles zu verspotten, bemüht der Verfasser den Teufel, seine Großmutter, ja, sich selbst in dieses Stück hinein; nichts in Literatur und Leben bleibt unversehrt, – man lese z.B. die 2. Szene des 2. Aktes

»Rattengift pp. Ach die Gedanken – – mitteilen will«.

Schon in diesem weder im guten noch schlimmen eben ausgezeichneten Probestücke findet man leicht die Idee, auf welche der Dichter hinausgeht.

Viel wohler wird es Rez., nunmehr vom ›Marius und S.‹, einem Trauerspiel, und von der ›Shakespearo-Manie‹, einer Abhandlung, reden zu können. ›Marius und Sulla‹, *noch unvollendet*, bietet, besonders im 2. Akte, ebenso geschichtliche als ergreifende Szenen dar. Selbst Shakespeare hat nie trefflichere Volksszenen gezeichnet als wir sie hie (Akt 2, Sz. 2) finden.

SEXTUS

»Wem gehört dieser Palast – – Säulen in Stücken«.

Und wo sind die Gefühle des Marius auf Karthagos Trümmern dichterischer geschildert worden als in Akt 1, Sz. 1:

MARIUS

»Unermeßliche – zweitenmale.«

Dennoch ist Marius gegen den Sulla, der sich dadurch charakterisiert, daß er sagt:

»Der Pöbel irrt sich pp. – hetze«

unbedeutend. Marius stirbt mit sehr poetischen Floskeln:

»Zwei Schlachtfelder pp. – Geselle« und
»Fort, fort, mit pp. – Sterben«

aber Sulla, von dem es heißt:

»Der Erdball pp. – Lächeln«

verläßt mitten im Triumphzuge seine Diktatorstelle und ist dadurch um so größer.

Die Abhandlung ›Über die Shakespearo-Manie‹ ist vielleicht das Beste des Buches. Nur wundert es Rez., wie ein so gelehrter und kritischer Dichter, als hier der Verf. sich ausweist, selbst so weit gegen seine eigenen Regeln in seinen

Stücken *sündigen* konnte. Shakespeares Verhältnis zur altenglischen Bühne, sein Auftreten und seine Verbreitung in Deutschland, sein eigener Wert und der Wert seiner Kritiker (Lessing, Schlegel, Tieck pp.), der Nutzen und Schaden, den die ihm gewordene unbedingte Bewundrung gestiftet, sind meisterhaft geschildert.

Man muß dem Verf. dieser Dichtungen bedeutende Objektivität und Phantasie zugestehen, Tragik und Komik sowie die verschiedenartigsten Charaktere scheinen ihm gleich geläufig aus der Feder zu fließen. Dennoch spürt man in seinen Stücken überall nur die Trümmer einer *zerstörten* Subjektivität; der Verf. hat Ruinen gemacht, um daraus neu zu bauen; seine Werke erfreuen nicht, aber erschüttern, und schwerlich wird oder kann ein Mensch wie der Verf. ferner etwas leisten. u.«

Amicissime, füll die Lücken. Daß Du vieles angezeigt, ist klug; *alles hilft*. Der Lärm geht los. Den Herrn Kunz laß nur helfen, je mehr geschimpft, je besser verteidigt. Wer schimpft ist ein Narr, denn *er greift an*, und der Angreifende ist stets übler dran als der Verteidiger. Die erscheinenden Rezensionen schick mir nur *baldmöglichst, immer auf meine Kosten, zur Ansicht oder zum Behalten*. Du tust mir einen Gefallen. Verschickst Du unsre Sachen, so beobachte doch, ob nicht 2. und 1. Teil die *nämlichen* sind; der Buchbinder hat sich bisweilen, wie ich spüre, geirrt. Ich bin hier in guten Wegen. Alles wurmt, ich muß nur *Erfolg* sehen, und noch *lieber einen Brief von Dir*. Meinen Brief füllt jetzt die verdammte Rezension, an der Du bessern magst. Bald mehr. Gestört werde ich immer, auch jetzt durch ein sehr langes Gesicht. Dein

alter schiefbeiniger, doch
erträglicher Ch. D. Grabbe.

Detmold, den 28. Dez. 1827.

Christian Dietrich Grabbe

Etwas über den Briefwechsel zwischen Schiller und Goethe

Betrachtet man die Mehrzahl der beklagenswerthen Köpfe, welche heut zu Tage die belletristischen Recensenten spielen, und sie bloß deshalb spielen können, weil das Drucken eben so leicht geworden ist, als in einer Thee-Versammlung den Mund aufzuthun und zu schwatzen, so begreift es sich, wie diese Leute, wo sie eine Autorität sehen, derselben durch Dick und Dünn nachfolgen, wie die Esel einem vorgehaltenen Bündel von Disteln. So werden ihnen auch die Zettelchen dieses s.g. Briefwechsels leuchtende Meteore seyn. Großentheils bestehen die ästhetischen Recensenten, Referenten, die romantischen Erzähler, die Dichterlinge, aus überspannten Menschen, welche dadurch zu ihren Kritiken und Productionen gelangt sind, daß sie in der Jugend echte Bildung versäumten, lieber Romane lasen als Kunst und Wissenschaft studirten, und daß sie jetzt, wo sie nirgends nütz und einheimisch sind, sorgen müssen, durch armseelige Productionen ihr bischen Brod zu verdienen. Wären unter diesem Volke nur noch Genie oder Gedanken, die Geist verriethen, man verziehe ihm die albernen und leider so oft *lügenhaften* Faseleien. Das Gesindel hätte denn doch den Geschmack ausbilden *sollen*, weil Jeder, der nicht ganz bornirt ist, das *kann*. Dieses geht bei einigem Fleiße. Aber man *lese*, man *spreche* die Leute, – (Gott behüte mich davor, ich habe Beispiele,) schwerlich 12 unter ihnen, die nicht nach alter Weise frech über Homer, Sophokles, Dante, Shakspeare, Schiller, Goethe ableierten, ohne die Schriftsteller selbst zu kennen, – schwerlich 6 belletristische Blätter in denen nicht jedesmal auf der 3ten Seite ein grober Schnitzer gegen Kunst oder Wissen enthalten wäre. Ein Journal über die Journale, welches deren Fehler aufzeichnete, würde dicker als manches der besten derselben. Bloß Journalliteratur ist die Wissenschaft der meisten Journalcorrespondenten, – der Leser hat in der Regel etwas Ernsthafteres zu thun, als weitläuftig ihren Fehlern und Lügen nachzuspüren, – er nimmt ihre Aussagen als ein Amusement auf Glauben an. Ein schlechtes Amusement verdirbt aber zuletzt den Geist auch.

Von diesen Nachkläffern großer Männer, welche letztere sie mit ihren Tönen anbellen oder vergöttern, wie denn grade die Mode ist, auf diese Männer zurück. Schiller hält sich selbst, besonders in dem Briefwechsel, für subjectiv, Goethe läugnet seine Objectivität nicht, viele Belletristen schwören auf Schillers Sub- und Goethes Objectivität, und die ganze Sache ist ein Traum, ein Streit um philosophische Worte, die so oft ein Wesen bezeichnen wollen, das nicht existirt. Man zeige mir von den Homeriden bis zu Goethe, von Alexander dem Großen bis Napoleon einen Menschen, der nicht subjectiv gedichtet oder gehandelt hätte. Jeder Mensch hat seinen eigenen Schnabel, und dem geht er nach. Schiller und Goethe so gut wie ich.

Schiller strebt ernst zum Idealen und Erhabenen, – Goethe hin und wieder desgleichen, aber seine Eigentümlichkeit ist Anmuth, mit einiger Empfindung colorirt, und ein kluges, zeitgemäßes Schmiegen in jede Form.

Verschieden wie das Leben beider Männer, ist ihre Poesie. Goethe, begabt mit vielem Talent, war Sohn wohlhabender Eltern. Nahrungssorgen drückten ihn niemals, und seine Grillen werden ihm bei solchen Umständen, und bei dem leichten Temperamente, welches in seiner glücklichen Lage gedieh, die Brust auch nicht all zu stark zerrissen haben. Er studirte mehr, um den einmal nöthigen akademischen Cursus zu machen, als sich zum Broderwerbe vorzubereiten. Sein Goetz von Berlichingen brachte ihm Ruf. Werther gleichfalls. Der Herzog von Weimar stellte ihn an, und ließ ihm auch im Staatsdienst ziemlich freien Lauf. Goethe reisete oft, und wohin er wollte.

In Goethes langem Leben wäre also beinahe nichts, was ihn zur Poesie, einer Tochter des Schmerzes, hätte aufregen können, wenn er nicht, wie er selbst verrathen hat, in der Jugend eine Brustwunde empfing, aus der bei so Manchem Jamben, Hexameter p.p. getröpfelt sind: die Liebe. Es war aber nicht die ideale Liebe Dante's, noch dessen Patriotismus. Auch hatte sie schwerlich etwas gemein mit der zu frühen Ehe Shakspeares, welcher sehr jung eine weit ältere, und wahrscheinlich eben nicht unübel geformte Frau heirathete, und grade dadurch nach einigen Jahren zu seiner oft etwas beschränkten, aber doch möglichst *ruhigen* Weltanschauung kam. Goethe hat nach seiner Wahrheit und Dichtung ein nettes, vermuthlich armes, bürgerliches Mädchen, Gretchen, geliebt, und diese Liebe wohl ziemlich cultivirt. Seine wohlhabenden, spießbürgerlichen Eltern haben ihm aber wie es scheint, nicht erlaubt, seine Leiden oder Versehen durch die Ehe zu mildern. Der Sohn fand freilich bald nachher in Kunst und Leben Abwechslungen, – aber alte Liebe rostet nicht, auch nicht bei dem angeblich so objectivem Goethe. Fast alle Mädchen und Damen, die er geschildert hat, haben etwas von dem Gretchen aus seiner Wahrheit und Dichtung. Margaretha im Faust, Clärchen im Egmont, Mariane in den Geschwistern, die Spinnerin in dem nach ihr benannten Gedichte, sind dieselben Personen. Lotte im Werther, Mariane und Mignon im Meister, Leonore im Tasso, Eugenie in der natürlichen Tochter p. p. sind, wie das einem gebildeten Dichter sehr leicht war, in Sprache und äußerer Erscheinung zwar etwas anders ausstaffirt worden, als das Normal-Gretchen, – aber den Grundton haben sie doch von dem lieben Kinde. Iphigenia in Tauris, die Prinzessin im Tasso, und Philine im Meister entfernen sich am meisten davon, – aber bis auf die Philine, welche nur die Sinnlichkeit Goethischer Gretchen besitzt, sind sie dafür auch ziemlich verzerrte Gestalten geworden: Iphigenia eine ganz ungriechische, sentimentale Priesterin, halb in Pylades verliebt, Tasso's Prinzessin eine geist- und sentenzenreiche Schwätzerin, an einem Theetische recht unterhaltend. Daß Goethe bei einem Talente, wie das seinige ist, dennoch hier und da außer Hauptfiguren, wie die genannten, weibliche Nebenfiguren etwas anders zu markiren wußte, fällt nur einem Kopfe auf, der nichts machen kann.

Mit seinen Helden, Männern, lustigen Burschen geht es Goethe wie mit seinen Damen, – sind die meistens ein Gretchen, so sind die Herren meistens Er selbst. Es sind begabte Menschen, richtig gezeichnet, dafür jedoch auch einer wie der andere schwach, auch gutmüthig, so lange sie keinen Grund haben, ärgerlich zu seyn, höchstens mit einem Anklange von Wehmuth dabei. Diesen Anklang wissen sie aber immer bald zu vertreiben: Egmont streicht sich über die Stirn, und fort ist alles, Faust vergißt sein dämonisches Wesen bei Liebeständeleien und Blocksbergsspectakeln. Werther, Goetz, Wilhelm Meister, Söller ect., sind es nicht Leute nach demselben Modell? Orest und Tasso dazu, nur schwazt letzterer etwas mehr als die anderen.

Dennoch bleibt im Munde seiner Kritikaster Goethe noch stets objectiver als Schiller.

Nur in den kleineren, lyrischen und erzählenden Gedichten Goethe's, möchte diese größere Objectivität statt finden. Diese Gedichte entstanden bei ihm aus augenblicklichem Gefühl. Sobald er aber selbst in diesem Fache größere Compositionen versucht, wie etwa die Braut von Corinth, wird er matt, verräth angestrengte, und doch nicht tiefe Ueberlegung, und steht seinem großen Nebenbuhler weit nach. Da möchte denn doch Mancher auch hier Schillers gedrängte Gedankenreihe, geistvolle Auffassung, dramatische Berechnung und herrliche Sprache, deren Klänge schon an sich, fast so wie die Bibelübersetzung von Luther, das Herz erheben, den Goethischen Versuchen vorziehen.

Schiller hatte einen ganz anderen inneren und äußeren Lebenslauf als Goethe. Niederen Standes, in die Stuttgarter Militairschule gezwängt, um von da aus die Brot:Carriere zu machen, erschuf er, um seine vom bürgerlichen Lebensverhältniß gedrückte Brust zu lüften, die Räuber. Nachher verliebte er sich, und außer tiefgefühltem Schmerz, schafft nichts mehr als Liebe (einerlei, ob unglücklich oder glücklich) den Poeten, – aber er *genoß* in seiner Jugend der Liebe nicht, wie Goethe vermuthlich gethan. Herr Buchhändler Schwan in Mannheim hielt es für räthlich, dem jungen unbemittelten, bloß von seinem Geiste zehrenden Mann die Hand seiner Tochter Laura zu verweigern. So erreichte er das Mannesalter, ohne äußeres Glück gekannt zu haben. Er mußte sich in sich selbst zurückziehen, und mit Idealen begnügen. Doch ein Geist wie der seinige, zwar übervoll von Gedanken, tüchtige und phantastische durcheinander, aber auch im Drama unaufhörlich mit der Darstellung der realen Welt beschäftigt, merkte bald daß poetische Gebilde nicht bloß Gedanken seyn, sondern auch Form und Körper haben wollen. Und da strebte er denn mit der ihm eigentümlichen Kraft, die Welt, das Leben, und den Menschen aus Erfahrung und Geschichte kennen zu lernen, und daß er mehr und mehr diese Kenntniß errang, bezeugen seit dem Wallenstein alle seine großen Werke. Er wird mit Ausnahme der Braut von Messina (die vielleicht viele Anklänge früherer Zeit und früheren Naturells ausspricht, und ihm dadurch für stets die Brust lüftete) immer wahrer, objectiver, und in Naturschilderungen eben so trefflich als Goethe. Man lese nur den Tell und das Fragment vom Demetrius.

Schillers Geist und Fleiß hatten am Ende seiner Laufbahn das *erobert*, was Goethe's Talent und Glück bei dem Anfang der Goethischen *besaßen*. Schiller begann mit einer Semele und schloß mit einem Tell, Goethe begann mit dem Werther und dem Goetz von Berlichingen, und schloß mit der natürlichen Tochter und den Wahlverwandschaften. Die Belletristen mögen über den Unterschied dieses verschiedenartigen Endes urtheilen. Was Goethe *seit* den Wahlverwandschaften und der natürlichen Tochter geliefert hat, verdient nur, daß seine Lobhudler in berüchtigter Art es loben. Darum erwähn' ich es nicht.

Christian Dietrich Grabbe

An Goethe

Hochgeehrtester Herr!

Mit einem unüberwindlichen Zagen wag ich dem ersten Dichter der Nation anbei ein Exemplar meiner Jugendwerke zu überreichen. Ich bin über die Aufnahme derselben um so ungewisser als ich in dem Lustspiele sehr, sehr verwegen gewesen bin. Darf ich aber nicht vielleicht hoffen, daß der Aufsatz »Über die Shakespearo-Manie« die ernstliche und unbegrenzte Verehrung zeigt, welche ich gegen Ew. Exzellenz hege? Ew. Exzellenz werden gewiß mit Briefen und Zusendungen wie die gegenwärtigen so sehr überhäuft, daß ich, ein völlig Unbekannter, hier abbrechen und es auf das Glück oder, was mir weit mehr gilt, auf das Wohlwollen Ew. Exzellenz ankommen lassen muß, ob ich mich einiger Beachtung zu erfreuen haben werde.

Mit Hochachtung und Ehrfurcht verharre ich

hochgeehrtester Herr!

Ew. Exzellenz

gehorsamster Grabbe.

Detmold, den 26. Okt. 1827.

(Abgesandt während meiner Anwesenheit in Frankfurt am M.)

Christian Dietrich Grabbe

Lauter Verrisse

Über *Grabbe:*

»Die Leute schätzen mich unendlich, die Augen gehen auf wie die Pforten des Himmels bei der Sündflut«.

(Brief an Georg Ferdinand Kettembeil vom 20. Januar 1828)

»Meine Poesien sind alle flüchtig geschrieben, und nicht so gut als Sie wollen. (...) Werfen Sie sich mir nicht an den Hals. Meine Person würde Sie schwerlich ansprechen. Mein bester Freund findet mich entweder wüst und wild, oder stumm und langweilig, oder in Geschäftslaune, und dabei stets nachlässig im Betragen. Meine Blütenstunden sind nicht mehr. Ich habe durchgelebt und lache, obgleich ich keine Feder mehr ansetze, über die in meinen früheren Sachen bewiesene schlechte Menschenkenntnis.«

(Brief an Theodor von Kobbe, 10. Februar 1832)

Über *Ludwig Börne:*

»Börnes Briefe kenne ich nicht. Er ist ein Narr, der sich nicht genug anerkannt glaubt, und Onanie ist ein schlechter Trost«. *(Brief an Kettembeil, 28.Dezember 1831)*

Über *Ludwig Börne* und *Heinrich Heine:*

»Ich glaube, andere benutzen Ihre Talente. Mehr als ich, quia, weil sie es nötiger haben. Heine und Börne *leben* von Buchhändlern und Zeitungsschreibern, und darum sind sie liberal, würden übrigens, wenn ich Kaiser würde, und es nicht der Mühe wert hielte, sie köpfen zu lassen, Fußlekkerei lernen und sehr kaiserlich sein. Auch *sorgen* andere mehr für ihr großes Genie als ich. Ich habe aber denn doch meine Sachen durchgelesen, i.e. von neuem, und finde, daß sie mehr und mehr durchdringen müssen. Sie sind nicht so schlecht als ich dachte.« *(Brief an Kettembeil, 9. Juli 1832)*

Über *Heine:*

»Heine ist ein magrer, kleiner, häßlicher Jude, der *nie* Weiber genossen hat, sich deshalb alles einbildet. Sein Schmerz, so unnatürlich er ist, mag wirklich sein. Poesien sind seine Gedichte aber nicht. Abwichserei. Eine tüchtige Hure schmisse ihn aus dem Fenster.

Ich kann das Zeugs nicht weiterlesen. Betrug, Lug u. Dummheit. Man muß nachdenken, wie man trotzt und dazwischen wirkt. Der ›Phönix‹ hat mich wo erwähnt. Taugt doch nichts.« *(Brief an Carl Georg Schreiner, Juli 1835)*

Über *Goethe:*

»Kurz und gut, ich bin jetzt größer und klüger als je und trete im ›Kosciuszko‹ als ›Dichter‹ selbst in brillanten Prologen hier und da auf, und soll alles darin sein, was in Wissenschaft, Kunst und Leben bis dato passiert ist, – soll besser werden als Goethes ›Faust‹, der eigentlich darin doch nur ein Hurenleben geschildert hat. Sir Goethe konnte ja nicht zum Leben kommen, weil ihn das Leben auf den Händen trug.« *(Brief an Kettembeil, 9. Juli 1832)*

»es gibt zuviel Goethe-Bewunderer.«
(Brief an Carl Georg Schreiner, Mai 1835)

»Dieser adlig gewordene Kaufmannsbengel hat so ziemlich die Sprache, nie das Leben gekannt. Er krämert aber gut aus, fremde Sachen mitunter. (...)

Goethes Faust ist nichts als ein Frankfurter liederlicher Junge, der sich einbildet, was zu sein, aber nichts ist, und nur durch den Blick auf den Taunus seiner Phantasie Farbe, durch hübsche Verse und Reime seinen Trivialitäten Pfeffer und Salz gibt.« *(Brief an Carl Georg Schreiner, September 1835)*

Über *Karl Gutzkow:*
»Gutzkow und das Junge Deutschland sind in Verachtung geraten, werden sich auch nicht herausretten, weil sie kein Talent haben.« *(Brief an Moritz Leopold Petri, 21. Juni 1836)*

Über *Heinrich Hoffmann von Fallersleben*:
»Hoffmann von Fallersleben: ›Was mir bleibt?‹ Deine schlechten Verse, Fallersleben. – »
(Brief an Carl Georg Schreiner, November 1835)

Über *Nikolaus Lenau*:
»Das ›Morgenblatt‹ ist dieses Mal nur Schund. Lenau ist ein erbärmlicher Poet, hat's aber bei Cotta verlegt.«
(Brief an Carl Georg Schreiner, September 1835)

Über Aufführungen des *Düsseldorfer Stadt-Theaters:*
Mittwoch, den 9. Dec.: *Der Kammerdiener,* Lustspiel in 1 Aufzuge von *Friederike Krickeberg,* und: *Der Unschuldige muß viel leiden.* Lustspiel in 3 Aufzügen nach dem Französischen bearbeitet von *Theodor Hell.*

Wo ein Aas ist, da sammeln sich die Adler und die deutschen Uebersetzer. Läßt einer der jetzigen französischen Dichterlinge ein Stück fallen, und ist es gar am ersten Abend in Paris noch nicht durchgefallen, gleich sind die Schreibfinger unserer germanischen Doll- oder Tollmetscher darüber, reißen es an und über den Rhein, machen die fadaise noch schlimmer als sie im Original ist (welches Verschlimmern bei dem durch und durch schlechten Zeug fast Genie beweis't) und liefern es gegen einige Thaler oder Groschen den Theaterdirectionen und dem Publicum. Beide nehmen es auf als Neues, und behandeln das arme dramatische Würmchen nachsichtig, weil in dem Augenblick nichts Besseres da ist. Noch ist es Zeit, denn gewöhnen wir uns länger an die Brühen von Victor Hugo, der die Poesie durchaus nicht kennt, dagegen nur breitschweifig nach Effecten sucht, und an den fleißig fortsudelnden Scribe et conss. so ist bald die einheimische Kunst angenagt und geht unter im fremden Wurmgesindel.

Sonntag, den 13. Dec.: *Oberon, König der Elfen.* Romantische Feenoper in 3 Aufzügen nach dem Englischen des Planché bearbeitet von *Theodor Hell.* Musik von *Carl Maria v. Weber.*

Maria von Weber war ein Melodiensammler, sonst dürr wie sein trommelfelliges Gesicht. Am Freischütz sammelte er, wie das alte amsterdamer Conversationslexicon ausweis't, von 1812 bis 1821, und seine Sache gelang endlich, weil sie im Zärtlichen und Ernsten die ernsthaft gemeinten Gesammtgefühle seines Lebens enthielt. Nun aber, nach dem Freischütz, wurde der Componist berühmt, ohne daß er das geahnt, und schrieb in Begeisterung für Geld und Brot. Daher die matte Euryanthe und der englisch trompetende Oberon, beides wahrscheinlich bestellte Waaren.

Montag, den 11. Jan.: *Lüge und Wahrheit.* Lustspiel in 4 Aufzügen [von Amalie, Herzogin zu Sachsen].

Der Theaterzettel enthält des Verfassers Namen nicht, wofür derselbe der Direction dankbar seyn muß, denn so Langweiliges und Nichtssagendes ist seit 10 Jahren von den Theaterlampen noch nicht beschienen worden, was heut zu Tag und Nacht viel sagt. Im Theater vernahm ich: eine sächsische Prinzeß hätte das Stück verfertigt (nu, der mag's hingeh'n, es wäre in deren Verhältnissen ohngefähr wie eine in Mußestunden verfehlte Stickerei), und nachher hör' ich ein Kaufmann sey der Autor. Letzteres ist wahrscheinlich, denn angebrachte Waare war's.

Freitag, den 15. Jan.: *Des Adlers Horst.* Romantisch-komische Oper in drei Aufzügen von *Karl von Holtei.* Musik von Franz Gläser.

Dieser Horst des Adlers liegt eben nicht so hoch, wie er nach Natur dieses Vogels liegen müßte, vielmehr liegt er an den gewöhnlichen Opernchausséen, auf welchen die jüngeren Componisten, statt etwas neues zu schaffen, älteren Meistern nachzulaufen pflegen. *Hr. Gläser* ahmte dem C. M. v. Weber nach, bewies indeß, wie es natürlich die Folge jeder Nachahmerei seyn muß: daß er keine Originalität besitze, sondern höchstens gläsern und ein Spiegel besserer Muster sey.

Sonntag, den 24. Jan.: *Belisar.* Romantisches Trauerspiel in 5 Aufzügen von *Eduard von Schenk.* Die Musik ist von dem Freiherrn *von Poisl.* In Scene gesetzt vom Regisseur Herrn *Henckel.*

Auf dem Theaterzettel steht: Ende gegen 9 Uhr. Das Stück endete aber erst ein Viertel vor 10 Uhr. Warum das nicht gleich richtig angegeben? –

Heinrich Heine

Memoiren

Eine Geschichte [...] will ich hier einweben, da sie die verunglimpfte Mutter eines meiner Kollegen in der öffentlichen Meinung rehabilitieren dürfte. Ich las nämlich einmal in der Biographie des armen Dietrich Grabbe, daß das Laster des Trunks, woran derselbe zu Grunde gegangen, ihm durch seine eigene Mutter frühe eingepflanzt worden sei, indem sie dem Knaben, ja dem Kinde Branntewein zu trinken gegeben habe. Diese Anklage, die der Herausgeber der Biographie aus dem Munde feindseliger Verwandter erfahren, scheint grundfalsch, wenn ich mich der Worte erinnere, womit der selige Grabbe mehrmals von seiner Mutter sprach, die ihn oft gegen »dat Suppen« mit den nachdrücklichsten Worten verwarnte.

Sie war eine rohe Dame, die Frau eines Gefängniswärters, und wenn sie ihren jungen Wolf-Dietrich karessierte, mag sie ihn wohl manchmal mit den Tatzen einer Wölfin auch ein bißchen gekratzt haben. Aber sie hatte doch ein echtes Mutterherz und bewährte solches, als ihr Sohn nach Berlin reiste, um dort zu studieren.

Beim Abschied, erzählte mir Grabbe, drückte sie ihm ein Paket in die Hand, worin, weich umwickelt mit Baumwolle, sich ein halb Dutzend silberne Löffel nebst sechs dito kleinen Kaffeelöffeln und ein großer dito Potagelöffel befand, ein stolzer Hausschatz, dessen die Frauen aus dem Volke sich nie ohne Herzbluten entäußern, da sie gleichsam eine silberne Dekoration sind, wodurch sie sich von dem gewöhnlichen zinnernen Pöbel zu unterscheiden glauben. Als ich Grabbe kennen lernte, hatte er bereits den Potagelöffel, den Goliath, wie er ihn nannte, aufgezehrt. Befragte ich ihn manchmal, wie es ihm gehe, antwortete er mit bewölkter Stirn lakonisch: ich bin an meinem dritten

Löffel, oder ich bin an meinem vierten Löffel. Die großen gehen dahin, seufzte er einst, und es wird sehr schmale Bissen geben, wenn die kleinen, die Kaffeelöffelchen, an die Reihe kommen, und wenn diese dahin sind, gibt's gar keine Bissen mehr.

Leider hatte er recht, und je weniger er zu essen hatte, desto mehr legte er sich aufs Trinken und ward ein Trunkenbold. Anfangs Elend und später häuslicher Gram trieben den Unglücklichen, im Rausche Erheiterung oder Vergessenheit zu suchen, und zuletzt mochte er wohl zur Flasche gegriffen haben, wie andere zur Pistole, um dem Jammertum ein Ende zu machen. »Glauben Sie mir«, sagte mir einst ein naiver westfälischer Landsmann Grabbes, »der konnte viel vertragen und wäre nicht gestorben, weil er trank, sondern er trank, weil er sterben wollte; er starb durch Selbsttrunk.«

Obige Ehrenrettung einer Mutter ist gewiß nie am unrechten Platz; ich versäumte bis jetzt, sie zur Sprache zu bringen, da ich sie in einer Charakteristik Grabbes aufzeichnen wollte; diese kam nie zu stande, und auch in meinem Buche »De l'Allemagne« konnte ich Grabbes nur flüchtig erwähnen.

Obige Notiz ist mehr an den deutschen als an den französischen Leser gerichtet, und für letzteren will ich hier nur bemerken, daß besagter Dietrich Grabbe einer der größten deutschen Dichter war und von allen unseren dramatischen Dichtern wohl als derjenige genannt werden darf, der die meiste Verwandtschaft mit Shakespeare hat. Er mag weniger Saiten auf seiner Leier haben als andre, die dadurch ihn vielleicht überragen, aber die Saiten, die er besitzt, haben einen Klang, der nur bei dem großen Briten gefunden wird. Er hat dieselben Plötzlichkeiten, dieselben Naturlaute, womit uns Shakespeare erschreckt, erschüttert, entzückt.

Aber alle seine Vorzüge sind verdunkelt durch eine Geschmacklosigkeit, einen Cynismus und eine Ausgelassenheit, die das Tollste und Abscheulichste überbieten, das je ein Gehirn zu Tage gefördert. Es ist aber nicht Krankheit, etwa Fieber oder Blödsinn, was dergleichen hervorbrachte, sondern eine geistige Intoxikation des Genies. Wie Plato den Diogenes sehr treffend einen wahnsinnigen Sokrates nannte, so könnte man unsern Grabbe leider mit doppeltem Rechte einen betrunkenen Shakespeare nennen.

In seinen gedruckten Dramen sind jene Monstruositäten sehr gemildert, sie befanden sich aber grauenhaft grell in dem Manuskript seines »Gothland«, einer Tragödie, die er einst, als er mir noch ganz unbekannt war, überreichte oder vielmehr vor die Füße schmiß mit den Worten: »Ich wollte wissen, was an mir sei, und da habe ich dieses Manuskript dem Professor Gubitz gebracht, der darüber den Kopf geschüttelt und, um meiner los zu werden, mich an Sie verwies, der ebenso tolle Grillen im Kopfe trüge wie ich und mich daher weit besser verstünde, – hier ist nun der Bulk!«

Nach diesen Worten, ohne Antwort zu erwarten, troddelte der närrische Kauz wieder fort, und da ich eben zu Frau von Varnhagen ging, nahm ich das Manuskript mit, um ihr die Primeur eines Dichters zu verschaffen; denn ich hatte an den wenigen Stellen, die ich las, schon gemerkt, daß hier ein Dichter war.

Wir erkennen das poetische Wild schon am Geruch. Aber der Geruch war diesmal zu stark für weibliche Nerven, und spät, schon gegen Mitternacht, ließ mich Frau von Varnhagen rufen und beschwor mich um Gotteswillen, das entsetzliche Manuskript wieder zurückzunehmen, da sie nicht schlafen könne, solange sich dasselbe noch im Hause befände. Einen solchen Eindruck machten Grabbes Produktionen in ihrer ursprünglichen Gestalt.

Hermann Hesse

C. D. Grabbe

Als ich ein Knabe war, besaß ich einige zerlesene Hefte der Reclambibliothek mit jenen von mir geliebten Dichtern, welche in der Literaturgeschichte nicht vorkamen, es waren Hoffmanns Goldener Topf, Hölderlins Gedichte, Eichendorffs Taugenichts, und zu diesem geliebten, halbverbotenen Bücherschatz gehörten auch zwei seltsame Theaterstücke, »Napoleon« und »Scherz, Satire, Ironie und tiefere Bedeutung«, sie waren von Grabbe, und von diesem Dichter wußte man nichts und konnte nirgends etwas Weiteres erfahren, als daß er unglücklich gewesen sei und sich totgesoffen habe. Ich liebte diese beiden Büchlein sehr, obwohl ich sonst meine Lieblinge alle unter den Lyrikern und den Erzählern hatte. In ihnen wehte hohe, verbotene Luft, voll von Leidenschaft, Willkür, Laune, Blitze zuckten in diesen Büchern, und hinter dem blitzenden Spiel des Vordergrundes lag tief und schwarz eine verzweifelte Schwermut.

Auch heute noch liebe ich jene Bücher alle, die ich einst als Schulknabe verschlang, und aus denen ich mir, dem Gymnasium zum Trotz, eine brauchbare deutsche Literaturgeschichte holte. Und wenn einer jener Dichter wieder auftaucht, wenn einer jener Vergessenen, unbegreiflich Verschollenen wieder sich rührt und sich lebendig zeigt, dann lacht das Knabenherz in mir. Fast alle jene Dichter, die zu meiner Knabenzeit von den Professoren unterschlagen wurden und vom Publikum vergessen waren, sind wieder aus der Versenkung getaucht, sind heute wieder strahlend: Jean Paul, Hölderlin, Hoffmann, Brentano – und nun kommt auch Grabbe an die Reihe.

V

»Der Dich kannte!«
Liebe und Freundschaft

Karl Ziegler

Eheliche Zerwürfnisse

Wenn ich mit ihm allein war, las er mir nicht selten aus seinen Dramen vor, was er neu geschaffen hatte, oder wir lasen in Byron und in Baile's Dictionaire und manche Scherze mischten sich in die Unterhaltung. Einmal, als ich zu ihm kam, fiel eine Szene vor, die ich nicht übergehen kann.

Er hatte nämlich lange Zeit viel Wesen aus einer Eule und ein Paar Enten gemacht, besonders von jener sprach er viel. Jeder, der ihn besuchte, mußte dieses Thier betrachten. Als ich nun zu ihm kam, war er bereit, auch mich damit bekannt zu machen und lief in seinem rothgestreiften Nachtcamisol mir voraus in die Küche. Hier nahm er von dem Fleische, welches zu Beafsteaks bereitet worden, ein großes Stück, unbekümmert ob für den Mittagstisch etwas übrig blieb, ergriff eine Gabel und dann gings in den gepflasterten Hof. Die Eule saß hier im Holzstalle in einem Bauer, er nahm sie heraus. Sieh'mal, was der Satan für Augen macht, gerade wie meine Frau. Sie soll zu fressen haben, komm, komm, süßes Kind! Und damit stopfte er ihr unbarmherzig ein großes Stück Fleisch in den Hals, das er, als sie es nicht sogleich verschlucken konnte, mit der Gabel hinunterdrückte. Dabei sprang er, vor Vergnügen lachend: Sieh mal, was der Teufel die Augen verdreht, aber – und er faßte sie unsanft – ich kann Dich zwingen, ha, ha, ha! Dann fiel ihm ein, sie solle spazieren gehen, und er setzte sie auf die Erde, indem er sie an einer Schnur festhielt. Darauf wieder rief er: Wart' einmal, da haben wir die Ente, nun wollen wir sie copuliren! Und er holte die letztere herbei und stellte beide Thiere neben einander. In carrikirter Weise recitirte er eine Copulationsformel und verlangte von der Ente, sie solle »ja« sagen. Krack! sagte sie. Hör'! Grabb', Grabb'! Das ist ein Stich auf mich! Ja sollst

Du sagen, verfluchte Bestie! und nun erhielt die letztere mit einer Holzsplette unbarmherzige Schläge. Als er dies überdrüssig war, rief er: Jetzt aber sollst Du bei die Eule in's Bauer, wart', wart', ich will Dich schon kriegen! und er setzte auch beide Thiere zusammen, in Folge dessen die arme Ente von der Eule übel zugerichtet wurde. Gehen Sie geschwind einmal zu dem Herrn Pastor, er solle hier eine Copulation vornehmen; es ist eine Sünde und Schande, eine solche wilde Ehe.

Mittlerweile war seine Frau in den Hof getreten und blickte mit einem stechenden schadenfrohen Lächeln in sein Treiben hinein. Ja, ja, meine Frau geht gerade wie eine Ente, komm! Und hierbei griff er ihr nach dem Kopfe, komm, Z., meine Frau will Dir gern einen Kuß geben, nun küß' sie 'mal. Sie wollte das Lachen unterdrücken, es platzte aber immerfort bei ihr auf und während sie sich ihm widersetzte, bemerkte sie nicht ohne Ziererei: »Ach laß doch, Grabbe!« Ja, ja, rief er dagegen, Du hast es ja doch gern.

Uebrigens empfahl ich mich hier bald und machte, daß ich auf gute Manier davon kam.

(...)

Wo der tiefste und letzte Grund bei ehelichen Zerwürfnissen zu finden sei und auf welchen Theil die meiste Schuld falle, läßt sich in der Regel nicht so leicht bestimmen, obgleich das Publikum in seiner materiellen Auffassung bald mit einem Urtheile bei der Hand zu sein pflegt. Uebrigens wenn wir auch nicht verkennen, daß Grabbe seiner Frau manche Ursache zur Unzufriedenheit gab, wie z.B. mit seiner Ungeduld, die es ihm unmöglich machte, auf die Dauer an häuslichen Unterhaltungen Geschmack zu finden, ferner mit dem wieder hervortretenden Hang, einzelne Leute zu Taback, Bier und Rumthee zu versammeln, wobei es nicht immer gar zu ruhig und sauber herging und dann mit seiner Reizbarkeit, sobald er Vorwürfe hörte oder Intriguen vermuthete – so sind wir doch allerdings wenig geneigt, die Frau Auditeurin so ganz frei zu sprechen. Denn sie brachte zu wenig in Anschlag, daß ihr Gatte trotz aller seiner wunderlichen Nachlässigkeiten und Launen doch sehr lenksam und von den freundlichsten Gesinnungen erfüllt war, wenn ihm Güte und Nachsicht entgegenkam, sie war auch solchen Berücksichtigungen gar nicht zugänglich, da sie einen zu harten, herrsch- und selbstsüchtigen Charakter besaß, der es nicht zuließ, fremde Persönlichkeiten anzuerkennen oder sich gar in dieselben zu fügen. Sie betrachtete sich als Mittelpunkt von Allem, um sie sollte sich Alles drehn, ihr sollte gehuldigt und geschmeichelt werden, ihr Wille sollte unbedingt gelten. Diese Selbstsucht ging so weit, daß sie nur dann auf die Poesien ihres Mannes Werth legte, wenn sie zu ihrer eigenen Verherrlichung dienen konnten, wenn ihr ein Compliment derentwegen gemacht wurde, und sie sich das Glück vorstellte, die Gattin eines so ausgezeichneten Dichters zu sein. Was nämlich bei ihr nicht die Natur gethan hatte, das hatte doch die Erziehung bewirkt. Sie war der Abgott des Vaters gewesen, der sie verbildet und ihr in den Kopf gesetzt hatte, daß sie eine wahre Perle, ein Wunder von Schönheit und Gelehrsamkeit sei, während sie, was letztere betrifft, sich doch eigentlich auf nichts weiter verstand, als die Registratur im Archiv. Sie lebte denn auch dafür lediglich im Andenken ihres Vaters, dessen Schriften, namentlich »Wo Hermann den Varus schlug«, sie in ihrem engen Gesichtskreise über Alles schätzte, was die glänzendsten Heroen unserer Literatur hervorgebracht haben. Im Ganzen spielte Grabbe die Rolle des Leidenden, der sich gegen Angriffe, namentlich den bei jeder Gelegenheit hervorspringenden kränkenden Spott zu vertheidigen hatte, was sich auf fast rührende Weise durch ein paar Verse ausspricht, die er einmal im Scherz seiner Frau auf ein Blättchen schrieb, nämlich:

Ach Luzie!
Vor der Eh'
Da waren es süße Träume!
Nun blüh'n die Bäume,
Denkst Geld!
Mein Herz ist eine Welt,
Woraus es ist zu pressen,
Durch Dich verdirbt das Essen.

und ein ander Mal:

O Luzie!
Es war eine bessere Zeit,
Wo Du Dich freutest mich zu erfreuen,
Ich wegwarf das Gesicht des Leuen.
Jetzt Habsucht, kein Hoffen,
Das Grab allein, das steht mir offen.

Häufig wurden schon jetzt die Zerwürfnisse Grabbe's mit seiner Frau derartig, daß Petri dazwischentreten und den Frieden vermitteln mußte.

Christian Dietrich Grabbe

Lucie!

Lucie!

Hör ein vernünft'ges Wort. Ich bin nun so plaziert, daß ich auch für Dich jährlich 100 Rtlr. und mehr erübrigen könnte. »Aschenbrödel« und »Hannibal«, die mir mit Umarbeiten viele Zeit geraubt, sind im Begriff in die Presse zu gehn. Laß meine Mutter, die so viel für mich getan hat, in Ehren, zeig ein gutes Herz, indem Du den Prozeß mit der armen Wallbaum, die so oft für Dich lief, edel beschließest, mach mir keine Speranzien mit Quittungen und Obligationen, denke daß ich Dir doch alle Sachen, die ich bedurfte, ins Haus gebracht und nur kümmerliche 6 Hemden pp. eine tombackne Uhr zum Staat, eine übersilberte für die Post, zur Reise erwählt und alles liegen und stehen gelassen habe, wie ich's fand oder gebracht. Wärst Du gut wie vor der Ehe, könnte manches anders sein. Du hast nie eingesehn, daß ich nur aus Furcht vor mir, nicht vor Dir und Deinem aufreitzenden pp. (sei's gut) etwas Ruhe suchte. Mein »Hannibal« ist fast ganz umgearbeitet und fertig, »Aschenbrödel«, auch umgearbeitet, bald unter der Presse, und der Gedanke an die Heimat (der einem in der Ferne wohl kommt, jedoch nicht mit Heimweh zu verwechseln ist) hat mich auf etwas aufmerksam gemacht, was mir so nahe lag: nämlich ein großes Drama aus der Hermannsschlacht zu machen; alle Täler, all das Grün, alle Bäche, alle Eigentümlichkeiten der Bewohner des lippischen Landes, das Beste der Erinnerungen aus meiner, so viel ich davon weiß, auch, wenn Du willst, aus Deiner Kindheit und Jugend, sollen darin grünen, rauschen und sich bewegen. Und, sonderbar, ich dachte nicht daran als mir der Stoff einfiel, mein erster Leiter wird Deines Vaters Buch sein müssen. Ich hoff's hier wo aufzutreiben, und mein Drama soll ihm wahrhaftig nicht schaden, vielmehr sein Gedenken erfrischen mit den Blumen der Poesie, – wenn Du nur auskundigen könntest, wieviel Exemplare die Meiersche Buchhandlung noch hat, – ich ließe sie, wäre das Drama fertig, durch den Buchhändler aufkaufen, und eine neue Auflage, neu bezahlt, bliebe nicht aus. Denn ich würde ja expreß Gewicht darauf legen. – In Frankf. sind mir, was manches erklärt, Szenen aus dem »Hann.« abgedrängt. – Gottlob ich fand sie im Kopf wieder, und besser. – Daß in meinem ganzen Leben alles so ging, wie's ging, ist Glück. Dein

Grabbe

Düsseldorf, 8. Jan. 1835 (wohnhaft in der Ritterstraße, Nr. 70, 1 Treppe hoch, bei Mad. Andries.)

Karl Gutzkow

Üble Anschuldigungen

Immermann hatte sich Grabbe's in Düsseldorf angenommen und war dafür von einigen Literaten, z.B. Duller, noch mit üblen Anschuldigungen belohnt worden. Er sagte: »Was sollt' ich mit dem abenteuerlichen Manne thun? Mit ihm in die Oerter gehen, wo er sich an physischen Uebersättigungen gefiel, in die Trinkstuben und anderwärts hin, das konnt' ich nicht. Ihn zu geistiger Produktion anzuregen, unterließ ich nie; doch er erwiederte, daß ich ihm mechanische Beschäftigungen geben sollte. Er *wollte* Abschriften machen. Und weil ich wohl einsah, daß er dabei sein zerstreutes Wesen vielleicht noch am leichtesten sammeln könnte, so ließ ich ihn Rollen und Noten schreiben. Auf irgend eine Weise, wenn er nicht verhungern wollte, mußt' er sich doch durch die Welt bringen. Ihn ganz und gar zu ernähren, erlaubten meine Mittel nicht. Und kein Buchhändler war geneigt, einem so zerfahrenen Manne, der nicht produzirte, Vorschüsse zu geben.« Ich kann heilig bestätigen, daß Immermann mit wärmster Theilnahme von dem unglücklichen Manne sprach, dessen Untergang er seinen häuslichen Verhältnissen und schlechter Gesellschaft zuschrieb. Selbst die *radikale Herzlosigkeit*, die sich in Grabbe's genialisirenden Produkten, meiner Meinung nach, unverkennbar ausspricht, *feige Hinterlist und die Tücke eines eitlen Herzens*, die Grabbe's Detmolder Bekannten nicht läugnen können, alle diese Einwürfe, die ich gegen das ganze Gehaben dieses Mannes machte, wollte er nicht gelten lassen, sondern nahm ihn als einen Verzogenen und früh durch seine Verhältnisse Verdorbenen in Schutz. Die Entstellung seiner Beziehungen zu ihm war ihm sehr verdrießlich und er drohte mit großer Heftigkeit, dagegen nächstens öffentlich anzugehen.

Karl Immermann
Memorabilien

Im Spätsommer und Herbst 1835 war ich fast immer von Düsseldorf abwesend. Überdies nahmen die »Epigonen«, die nach zwölfjähriger Arbeit endlich fertig werden sollten und mußten, meinen Sinn so gefangen, daß ich jede Berührung mit Personen und Dingen, außer den durch das Geschäft nur gebotenen, in jenen Monaten mied. Ich sah Grabbe nur flüchtig, auf Augenblicke.

Als ich Ende November nach Düsseldorf zurückkehrte, und mit ihm wieder anzuknüpfen versuchte, fand ich ihn sehr verändert. Schon vorher waren mir Gerüchte zugekommen, daß er sich inzwischen ein Wirtshausleben, wie es am Rheine leicht bereitet ist, und den mit einem solchen zusammenhangenden Kreis erwählt habe, in dessen Bewunderung er sich genüge.

Er war körperlich noch mehr verfallen, als früher, und die Farbe seines Gesichts ging beinahe in das Erdfahle. Auch geistig schien er abgeschwächt zu sein. Seine Gedanken bewegten sich nur noch um einen kleinen Raum. Am liebsten sprach er von der »Hermannsschlacht«; ja, er wurde verdrießlich, wenn man das Gespräch diesem Thema entziehen wollte. Seines Todes gedachte er, wie einer abgemachten, nahe bevorstehenden Sache; keine Furcht vor dem letzten Augenblicke ließ sich wahrnehmen; darin war ihm die alte Stärke verblieben. Er wünschte, zu sterben, wenn er Arnim zum Siege geführt haben würde.

Ein Zettel aus jener Zeit spricht dieses Gefühl folgendergestalt aus:

»Die ›Hermannsschlacht‹, welche Sie erwähnen, ist gegen ›Hannibal‹ ein Koloß. Sie ist fertig. Ich feile nur noch, sinke auch wohl an ihr nieder, wenn sie vollendet ist – auf ewig.«

Ich traf mit ihm nur noch äußerst selten zusammen. Sehr bald mußte ich mich überzeugen, daß er meinem Einflusse und den Darbietungen, die ich ihm zu gewähren vermochte, entzogen sei; in *die* Wege aber, die er nun zu gehen liebte, konnte ich ihm nicht folgen. Er versaß einen Teil seiner Tage in einem Weinhause, wo sich dann allerhand Leute zu ihm fanden, die er durch sein sonderbares Wesen und durch Bonmots hinzureißen und zu begeistern wußte. – Das Gefühl der zunehmenden Schwäche erklärt alles und entschuldigt ihn durchaus. Er mochte sich keinen Zwang mehr antun, und das Bequemste mußte ihm das Liebste sein. Verhielt er sich zu Hause, so arbeitete er unablässig an seinem letzten Werke; er soll die »Hermannsschlacht« im einzelnen, wie im ganzen, mehrere Male völlig umgeschrieben haben. Während des Winters 1835–1836 lieferte er wieder Theaterkritiken in ein Tageblatt, die zum Teil von einer engen Verdrießlichkeit zeugen, wie sie sein abgeschiedenes Leben zu entwickeln wohl geeignet war.

Einen Sonnenblick in diese Finsternis warf der Umgang mit Norbert Burgmüller, welcher den letzten Monaten seines Verweilens angehört. Norbert Burgmüller, ein junger Tonkünstler, hilft auch den Beweis führen, wie überreich Deutschland an Talenten ist, und wie es daher Entschuldigung verdient, wenn es so manche Kraft unbemerkt verderben läßt, welche in andern Ländern vielleicht von den Schwingen der öffentlichen Meinung hoch emporgetragen sein würde. Ich glaube, daß der Jüngling, von dem ich rede, in England oder Frankreich das glänzendste Los aus der Urne gezogen hätte; bei uns ging er, nur den Nächsten bekannt, umher, starb, ohne daß man außer dem Weichbilde von Düsseldorf von dem Verluste, den die Kunst durch seinen Heimgang erlitt, hörte.

Er war der Sohn des alten wunderlichen Kauzes, dessen Zelter im dritten Teile seines Briefwechsels mit Goethe gedenkt. Von diesem Schlemmer kann man kaum reden, ohne daß die Schilderung in das Komische verfällt. Ein Musikant, klug, toll, lustig, aus der früheren debauchierenden Schule. Fünfhundert Stück Austern war er zu bezwingen imstande, und wenn in ihm der Gedanke an einen gebratenen Kapaun erregt wurde, so schnalzten die Lippen, und er weinte Tränen der Rührung über die Gnade Gottes, welche der Erde solche Gaben gönnte. Ich habe sein Bild, in Kupfer gestochen, gesehen. Die Backen gleichen zwei Pfannenkuchen, an denen die Butter nicht gespart ist, frisch aus dem Tiegel, die Augen sind ihm vor Fett, bis auf eine schmale Spalte, zugewachsen. Außerdem hat er Waden besessen, über das Maß der Sterblichkeit hinaus. Die ganze Familie aß aus dem Topfe, worin die Speise bereitet war; Teller wurden für Überfluß gehalten.

In dieser Wirtschaft wuchs Norbert auf, und da mag er die Anlage zum genialen Umherschlendern, welches ihm eigen war und seinem Glücke schädlich ward, empfangen haben. Sein Talent zeigte sich sehr früh, mußte sich aber vorzeitig – er war kaum vierzehn Jahre alt – in Lektionen abquälen. Nach dem Tode des Vaters studierte er in Kassel unter dem vortrefflichen tief gelehrten Harmonisten Hauptmann und kam zu Spohr in die vertrautesten Beziehungen. Spohr liebte ihn sehr und hegte von seinen Fähigkeiten die größten Erwartungen.

Dort bildete er sich zum gründlichsten Musiker aus. Nach Düsseldorf zurückgekehrt, lebte er von Unterstützungen des Grafen Nesselrode und vom Stundengeben. Daneben schrieb er an seinen Werken. Die Natur hatte ihm eine Fülle wahrer Melodien zugeteilt, die durch den Unterricht bei Hauptmann Konsistenz gewannen. In Kassel schrieb er sein erstes Konzert, ein Werk von großer Schwierigkeit und suchendem, etwas düsterm Sinn. In Düsseldorf folgte die erste Symphonie, worin sich die reiche Harmonie zu klarer Darlegung oft ganz neuer Gedanken ausgearbeitet hatte; dann setzte er mehrere Nummern zu einer Oper, die er des Textes wegen späterhin aufgab. Hier war er faßlich für jeden, doch hatte er dafür auch einiges gewöhnlicher genommen, als in der Symphonie. Nachmals hat er noch sehr tief und richtig empfundene Lieder, ein vortreffliches Quartett und drei Nummern zu einer zweiten Symphonie geschrieben, in welchen Arbeiten aber ein bedeutender Fortschritt zur Klarheit sichtbar war und alles aus innerer Fülle strömte. Seine Werke tragen ganz das Gepräge seines Wesens. Fein und sentimental im besten Sinne, dennoch tief und oft humoristisch war er und das, was er schrieb. Er setzte nie eine Note hin, um sie nur dastehen zu haben; eine lebendige Notwendigkeit erzeugte jeden Ton. Lieber ließ er etwas unvollendet, als daß er sich in nicht empfundenen herkömmlichen Weisen beschwichtigt hätte. Den vierten Satz zu seiner zweiten Symphonie konnte er nicht finden, und es war halb komisch, halb rührend, wenn man ihn auf Befragen antworten hörte: »Er ist immer noch nicht da!«

Mit diesem ausgestatteten Menschen kam Grabbe hinter der Flasche fleißig zusammen, und es entspann sich zwischen beiden ein fröhliches Verhältnis, dem auch die Innigkeit nicht gemangelt zu haben scheint. Vielleicht wäre dem einen wie dem andern ein Freund von gesetzterem Charakter dienlicher gewesen; schlägt man aber den Genuß, den die Verbindungen unter den Menschen gewähren sollen, auch für etwas an, so kann man nur sagen, daß die beiden phantasievollen Naturen einander zum Glück gefunden hatten. Grabbe schrieb für seinen Freund einen tollkomischen Operntext, in Verspottung der Bücher dieser Art, worin einem Schafe eine bedeutende Partie zugefallen war. Es ließ sich über diesen Unsinn, der nichts anderes sein wollte, als Unsinn, besser lachen, als über »Aschenbrödel« und das Lustspiel.

Im Mai 1836 reiste Norbert nach Aachen, um sich von alteingewurzelten Übeln zu heilen. Seit seiner Kindheit schwächlich, war er späterhin epileptischen Zufällen unterworfen gewesen. Plötzlich wurden wir durch die Nachricht erschreckt, daß er tot in der Badewanne gefunden worden sei.

Grabbe widmete ihm einige Zeilen der Erinnerung in einem öffentlichen Blatte. (...)

Er ist darauf kaum noch vierzehn Tage in Düsseldorf verblieben, dann hat er sich still, ohne Abschied zu nehmen, fortbegeben und nach Detmold in seine Häuslichkeit zurückgewandt. Im Herbst des Jahres 1836 erzählten die Zeitungen, daß er am zwölften September nach langem Kränkeln, in einem Alter von beinahe fünfunddreißig Jahren verschieden sei.

Insofern man von Dingen, die über Glück und Unglück hinausragen, doch diese Bezeichnungen brauchen darf, kann man behaupten: sein Tod war ein Glück für ihn. Er löste ihn von bittern Qualen. Auch glaube ich, daß er gegeben hatte, was er geben konnte; sein Talent war keiner eigentlichen Steigerung mehr fähig. Er würde bei fernerer Lebensdauer sich selbst nachgeahmt haben – das Schlimmste, was einen produktiven Genius betreffen kann. Das Gemeine war allerdings imstande, Grabben zu überwuchern, aber er erhielt sich auch unter solchem Schlinggeflechte in seinem Innern eine Stelle, wohin das Gemeine nicht drang. Den Beweis hiervon gab noch in seiner letzten wüsten Zeit die Liebe zu Burgmüller. Übrigens muß *dem* alles vergeben sein, der, wie er, neun Monate lang, sein Sterbebett im Auge zu halten hat.

Wir sind nie eigentlich Freunde gewesen. Unser Wesen war zu verschieden. Aber über die Kluft, die uns trennte, reichte bei mir das Gefühl hinaus, welches uns bei dem Anblicke einer gewaltigen Menschennatur erschüttert, die laokoontisch mit ihren Schmerzen ringt. – Es ist das Gefühl, welches mich auch trieb, ihm über seinem Grabe dieses Charakterbild aufzurichten – kein in das Allgemeine verschönertes – denn damit wäre ihm wenig gedient, sondern ein ikonisches, wie die Griechen es den Kämpfern setzten, die sie besonders ehren wollten.

Christian Dietrich Grabbe

Norbert Burgmüller

Noch sind es kaum acht Tage, wo er mich Podagristen gutmüthig Abends aus dem Theater nach Haus führte und sagte, er reise morgen zu einem Musikfest oder Concert (ich erinnere mich nicht genau wie er es nannte, ich hätte seine Worte schwerer genommen, wußt' ich, daß es die letzten waren, die ich von ihm hören sollte) nach Aachen und werde in vierzehn Tagen zurückkommen. – Norbert, du hast dein Wort schlecht gehalten, bist weiter gereis't und kommst nicht wieder, starbst am 7ten Mai, welcher dießmal für jeden, der dich kannte, kein Wonnemond ist.

Der Dich kannte! Ja, du warst ganz was anderes als manche Leute, die bei näherer Betrachtung immer mehr von dem Gloriendunst verlieren, in den sie sich verhüllen. Von Manchem im Pöbel wardst du verkannt nur – – weil du zu bescheiden warst. – Ich pausire. Ich liebe keine Thräne, doch es fällt mir hier eine aufs Papier, und ich muß sie löschen, was schwer und gefährlich ist. Eine Menge ihrer Gefährtinnen sitzt mir hinter den Augen und möchte nachkommen.

Burgmüllers bekannte Symphonie, sein Clavierkonzert, seinem edlen Gönner, dem Graf Nesselrode gewidmet, sind besser als 1000 Opern, in der Judenschule von Bären, Meiern, Mendeln, Söhnen und Affen nach alten Texten erfunden und von vielleicht *bezahlten* oder dummen Journalen betrillert und beschrieen. Er hatte bei seinen Compositionen nur Einen Fehler: er that des Guten gern zu viel. Stimmen und Instrumente werden oft von ihm überladen, daß sie all das Gute kaum ausführen können, ohne zu brechen. Er war noch jung. Und Ueberbrausen ist da zu entschuldigen. Das ist besser als leer seyn, und nichts zum

Ueberbrausen zu haben. Man gährte sonst nicht aus und auf, weil das Material zur Größe fehlte.

Man warf dem Norbert bisweilen vor, er sey zu wenig fleißig. Hätten die Tadler einen reitzbaren, leicht durch Alltäglichkeiten gestörten, behinderten Genius zu schätzen gewußt, epileptische Anfälle und drückende Verhältnisse erwogen, so würden sie gestehen müssen: Norbert that, was er unter den Umständen konnte.

Es sollen noch viele Manuscripte, ein Fragment der Oper Dionysius darunter, von ihm vorhanden seyn. Gebe man denn doch diese Reliquien in Druck. Sie sind sicherlich gut. Und wie sollt' es anders seyn? Nie sagte er, soviel ich mit ihm gesprochen habe, ein unwahres Wort, vielmehr dachte er stets bei Fragen und Antworten erst reiflich nach. Die Wahrheit aber ist die rechte, die beste Kunst, und alles Streben tüchtiger Geister geht nur auf sie.

Es vergeht, es stirbt so manches Treffliche – man könnte bisweilen wünschen auch in der Gesellschaft zu seyn, beizu auch deshalb, weil die Todten stumm sind und nicht klatschen und verläumden.

VI

»Wo haben Sie das her?«
Grabbe-Anekdoten

Der Lehrer, welcher für deutschen Styl am Gymnasium zu Detmold angestellt war, der Herr Rath Falkmann, der pädagogischen Welt bekannt durch seine »Stylübungen« u.s.w., war ein großer Aufmunterer zu poetischen Versuchen, indem er in den Aufsatzstunden häufig seine Schüler zu Poesien veranlaßte, wodurch er übrigens auch manchen Unberufenen auf Abwege bringen mochte. Indessen wird sich Grabbe wenig durch seinen Lehrer haben bestimmen lassen, auch nicht durch ein von jenem einmal gespendetes großes Lob, dessen ich hier Erwähnung thun muß.

Er mochte nämlich ungefähr 16 bis 17 Jahre alt seyn, als einmal in der Schule ein Märchen als Aufsatz zu liefern war. Die eingereichten Arbeiten wurden in den Schulstunden von den Schülern selbst vorgelesen. Die übrigen Schüler hatten sich, wie natürlich, an die Andeutungen des Lehrers gehalten und da sehr fleißige, wenn auch regelrechte, Arbeiten geliefert. Als die Reihe an Grabbe kam, vorzulesen, las er ein wunderliches Ding vor, das einen ganz eigenthümlichen Ton anschlug und so blendend, phantasievoll und sinnreich war, daß Lehrer und Mitschüler staunten und fast bezaubert waren. Den Aufsatz habe ich leider nicht mehr auftreiben können, Grabbe's Papiere aus den Schuljahren sind vor einiger Zeit in einem Kramladen zerrissen. So viel sich seine Altersgenossen noch erinnern, war von einem Eichhörnchen in den Gipfeln des Waldes und von einem Ei, das zuletzt zerbricht, die Rede, Alles mit einer sonderbaren Beziehung. Der Lehrer hörte das Märchen aufmerksam an, dann ließ er es nochmals lesen, was sonst niemals vorkam und versetzte: »Grabbe, wo haben Sie das her? Es ist ja, als ob man von Calderon oder Shakespeare etwas lese.« Der Lehrer verglich also in vollem Ernst den jungen Grabbe mit diesen beiden Heroen der Dichtkunst!

Karl Ziegler

Es war dazumal auf der Detmolder Schule freilich unter einem großen Theil der Schüler ein ziemlich ungebundenes Leben eingerissen, in welchem Kartenspiel, Rauchen und Trinken zur Tagesordnung gehörte. Hier soll sich Grabbe aber, was den Genuß geistiger Getränke betrifft, oftmals sehr hervorgethan haben, wenn er sonst auch ein viel zu schüchternes Wesen an sich hatte, um in einem Kreise lärmender Brüder recht einheimisch zu werden. Oft konnte er da mit einigen Genossen aufs Land gehen und in irgend einem Kruge sich so viel von dem stärksten Grog zurecht brauen lassen, daß kaum der Rückweg in gerader Richtung wiedergefunden wurde.

Eines Tages ist er in einem Conditorladen, dessen Be such den Schülern verboten war, mit einigen seiner Altersgenossen anwesend, als einer der Lehrer hereintritt, vielleicht, um eine Erfrischung zu nehmen. Da wandelt ihn eine solche Verlegenheit und Keckheit an, daß er augenblicklich sechs Liqueure fordert und alle sechs in Gegenwart des Lehrers herunterstürzt. Ist es nicht als ob man es mit einer der seltsamen Hoffmannschen Figuren zu thun habe?

Karl Ziegler

Uechtritz erzählte Manches über Grabbe, seltsam und abenteuerlich genug, aber nicht befremdlich für den, der diese aphoristische und eigentlich hohle Natur durchschaut hat. Von Heine entdeckt und in den Freundeskreis eingeführt, fragt er gleich den ersten Abend bei Diesem und Jenen an, ob er ihn beißen solle und zeigt dabei grinsend die Zähne. Ein sonst ganz philiströser Registrant fühlt sich ganz besonders von ihm angezogen; dem sagt er dann bei einem Spatziergang unter den Linden, es müsse sich unter den Bäumen trefflich ruhen und wirft sich zum Erstaunen der Vorübergehenden und zum Entsetzen des Begleiters wirklich hin. Uechtriz selbst unterhält er einmal einen ganzen Abend davon, daß er irgendwo bei einer Herrschaft als Lakai in den Dienst treten und sich im Intelligenzblatt als solchen unter dem Beisatz ausbieten wolle, daß er auch Tragödien liefern könne. Später, in Dreesden bei Tieck, benimmt er sich ganz anders, so daß die ganze Familie nicht die geringste Extravaganz an ihm bemerkt; also eine Verrücktheit, die er in seiner Gewalt hatte, wie einen gezähmten Tiger.

Friedrich Hebbel, Tagebuch, Marienbad, 19. Juli 1854

In Düsseldorf macht ihn [Grabbe] Immermanns Geliebte, die Gräfin Ahlefeldt, die nebenbei gesagt, zehn Jahre in dem Hause des letzten Romantikers lebte, ohne daß seine intimsten Freunde es wußten, oder vielmehr wissen durften, den wilden Menschen mit den langen Zottelhaaren und den kurzen Beinkleidern mit einer Dame bekannt. Es geschieht auf einer Landparthie, die Dame ist gebrechlich und häßlich, und als es etwas in die Höhe geht, muß er ihr den Arm reichen. Er geberdet sich dabei so wunderlich, daß die Ahlefeldt ihm zuruft: was machen Sie denn, Grabbe? Er antwortet: ich schiebe Ihr Rhinozeros hinauf!

Friedrich Hebbel, Tagebuch, Marienbad, 19. Juli 1854

Immermann, Heine und Grabbe waren in Berlin zusammen. Die letzteren beiden rieben sich häufig aneinander. Grabbe behielt aber an Witz und Derbheit immer die Oberhand. Eines Abends hatte Grabbe Heinen besonders glücklich niedergekämpft, so daß dieser keinen anderen Ausweg mehr fand als die Drohung, er werde sich mit der Feder rächen. Da packte der kräftige Grabbe das Männchen, drückte es an die Wand, hielt ihm ein blankes Messer vor die Augen und schrie: »Wenn du es wagst, je ein Wort des Schimpfes über mich drucken zu lassen, so komme ich dir nach, wo du auch seist, und fasse dich, wie ich dich jetzt

habe, und schlachte dich ab wie ein Huhn!« – Das scheint sich der tapfere Heine gemerkt zu haben. Er wußte wohl, daß Grabbe der Mann war, eine solche Drohung wahr zu machen.
Nikolaus Lenau

Immermann, ohnedies voll der Überzeugung, daß er der erste Mann in Deutschland sei, nahm auch gegen Grabbe gern die Miene des Protektors an. Das wurde diesem einmal in einer Gesellschaft zu viel und er rief: »Hören Sie, Immermann, was fällt Ihnen ein? Von Leuten, die ich meines Umganges würdige, lass' ich mich nicht protegieren!«
Nikolaus Lenau

Grabbe war schon einige Jahre älter als die übrigen Libertiner, die allenfalls auch wie Schillers Helden in die böhmischen Wälder gezogen wären, wenn da Wein und Ballet mit hübschen Tänzerinnen zu erwarten gewesen wären – er war völlig arm von Hause aus, und verschwieg dies in einem wunderlich falschen Stolze. Das heißt: er sprach Niemand an, wenn auch der alte zerdrückte Hut, der abgeschabte Rock das Nöthige erzählten. Auch erschien er nur selten unter der Compagnie und war ihr fremder. Eines Abends verließ er und jener Bekannte die literarische Gesellschaft sehr spät, sie schlendern durch die stillen Berliner Straßen, Grabbe ist aufgeregt, und dichtet und raisonnirt auf das Lebhafteste. Im Zuge der Rede tritt er mit in's Haus und Zimmer des Bekannten, und schläft bei ihm. Am andern Morgen läßt dieser Kaffee und Semmel bringen – Grabbe frühstückt mit bestem Appetite, aber schweigsam, dann steht er auf, reicht jenem die Hand, und sagt mit tonloser Stimme: Ich danke Ihnen, es war seit drei Tagen das Erste, was ich wieder zu essen und zu trinken hatte. –

Damit geht er, und jener hat ihn nicht wieder gesehn – im Herzoge von Gothland, in den Hohenstauffen, den hundert Tagen fand er später seinen Frühstücksgast wieder. Alle die wilden, grabenden Gedanken einer kümmerlichen Abgesondertheit sind dort leicht zu entdecken.

Heinrich Laube

Heine hat sehr viel bei Stehely gesessen und ist dort auch einmal von der rohen Lebensart Grabbes mißhandelt worden. Grabbe's dissolutes Wesen kennend hat er weiter keine Notiz davon genommen, und dies hat Grabbe so gewurmt, daß er noch kurz vor seinem Tode sich darüber beschwert hat.

Aber was sollte Heine mit Ihnen thun? fragte der Besucher, welchem er den Vorfall erzählt, sollte er Sie fordern?

Nein, derartig war die Sache nicht.

Sollte er Sie prügeln, oder, da er körperlich schwächer war denn Sie, sich prügeln lassen?

Nein, das war Alles unzureichend, er mußte mich morden.

Heinrich Laube

Dass Grabbe sich oft sehr herabwürdigte, is ein bekanntes Ding. Etwas überaus Widerliches erzählte mir vor Jahrzehnten ein alter Rechtsanawalt in L. – Grabbe war geradezu ein Sch[wein]! Mehrere junge Juristen machten wir einen Spaziergang auf dem Detmolder Stadtbruche. Da es dämmerte, liefen Mäuse hin und her. Plötzlich warf sich Grabbe auf die Erde, haschte wie ein Kater nach den Tieren, erhaschte eins und nahm es zwischen die Zähne. Einer rief: »Trägst du es so zur ›Stadt Frankfurt‹ hin, gebe ich so und so viel aus.« – Grabbe gab sich auch hierzu her.

Ein Rechtsanwalt in L.

Der geniale Sohn des Zuchthausaufsehers in Detmold, Christian Dietrich Grabbe, hat in seinen Dichtungen immer wieder versucht, den Pelion auf den Ossa und Goethe auf Shakespeare zu türmen.

Im täglichen Leben war er ein unscheinbares, spärliches Männchen, dessen Schüchternheit sich erst im Wein verlor. Seine Laufbahn als Dramatiker scheiterte, in Dresden bei Tieck, in Düsseldorf bei Immermann. In seiner Heimatstadt büßte er als Untersuchungsrichter am Militärgericht, als Auditeur, sein Amt ein, weil er bei einer Vereidigung in Talar, Unterhosen und Pantoffeln erschienen war.

Aber wenn er, verglasten Blickes, einen wollenen Schal um den Hals, mit andern verlorenen Gesellen oder Philistern die Nacht durchzechte, bäumte sich sein verwundetes Genie in einsamem Größenwahn auf, und wie seine überlebensgroßen Helden wühlte er mit Worten in Reichtum, Ruhm und Macht.

Er las im Rausch aus seinen letzten Dramen vor, aus dem »Napoleon«, dem »Hannibal« oder der »Hermannsschlacht«, in denen er seiner Muse die Weltgeschichte zur Plünderung überließ, und vermaß sich in wildem Rebellen – und Titanentum, die ungehorsame und undankbare »Bestie Publikum« nur noch »mit blutigem Fleisch zu füttern…«

»Wenn der in den Himmel kommt«, sagte Karl Immermann einmal, nachdem er den unglücklichen Dichter so erlebt hatte, »darf sich der liebe Gott nie von seinem Thron erheben.«

»Und warum nicht?« fragte jemand.

»Dann setzt sich Grabbe drauf!«

Willi Fehse

VII

»Alles vorbei!«
Der letzte Sommer

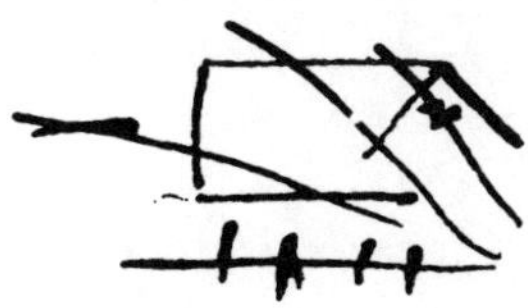

Christian Dietrich Grabbe

An Moritz Leopold Petri

Lieber Petri!

Dieser unfrankierte Brief wird Dich wundern. Jedoch ich muß ihn schreiben. Vom Hrn. Schreiner, der jetzt mit der Ostermesse zu tun hat, und mir doch schon Vorschuß leistete, kann ich unmöglich weiteren fodern, besonders da meine ›Hermannsschlacht‹ zwar im ganzen vollendet, aber im einzelnen noch nicht ausgefeilt ist. Demnach kann ich nicht anders als das Urteil über mein hartes Los (in welchem ich denn doch immer noch meine Mutter unterstützte) Dir und der Welt zu überlassen, und es drauf wagen, nach Detmold zurückzukehren, was immer besser ist als ein wohlfeiler Sturz in den Rhein, wofür ich mich noch zu teuer achte. Cotta hat mir 20, Dr. Frank in Wien 30 Gulden für jeden leichtzuschreibenden Journalbogen geboten. Du sollst es nächstens selbst lesen. Wie aber kann ich unter Umständen und Ärgernissen, trotz deren ich mehr geleistet als ihr wißt, ihnen reelle Einsendungen liefern, ohne Gefahr, mir und ihnen zu schaden? Mich wundert selbst, daß die ›Hermannsschlacht‹ mir Tag für Tag besser glückt bei ihrem letzten Umguß. Darum bitt ich Dich, meinen einzigen Freund von Jugend auf, 1.) schaffe mir mit umgehender Post 30, wo möglich 36 Taler als Anleihe. Mein gesamtes, jetziges und künftiges Vermögen, auch mein elterliches Erbteil, sobald es nach meiner Mutter Tode an mich fällt, haften. Du mußt aber sorgen, daß Hptm. Runnenberg die übersandte Summe für noch eingekommene Deserviten hält, von denen Ziegler vielleicht auch noch ein Stückchen für mich übrig hat, und daß er über die schweigt, um kein unnützes Geplapper bei meinem Weib zu erwecken. 2.) bitt ich: miete mir ein kleines Logis mit 1 Tisch, 2 Stühlen, einem Bett. Gleich zu

Anfang mag ich mich in meinem Hause nicht totärgern, obgleich, geht's nicht anders, ich die genannten Möbeln daraus holen ließe. 3.) Sorge, daß Eure Juristen und Advokaten, meine alten Mitkollegen in den besseren Zeiten, wo ich noch unverheiratet war, mir soviel zum Abschreiben oder Ausarbeiten geben, daß ich täglich doch etwa 15 Mgr. verdiene. Davon kann ich leben, und beizu meine poetischen Sachen vollenden. Dieser Brief ist in Eile geschrieben, daß ich aber gut, wenigstens sehr deutlich kalligraphisch schreiben kann, weißt Du. Gasthäuser und jede unangenehme Berührung für Euch will ich meiden. Meiner Mutter teile gefälligst die offne Anlage mit, und steh ihr einstweilen bei. Jeden Dienst will ich Dir gern vergelten, wo ich kann. *Meine Adresse ist jetzt*: auf der Neubrück-Straße, bei Hrn. Bauer, Nr. 171, 1 Treppe hoch. Mach alles still wie möglich ab, schicke mir umgehends das gebetene Geld, sonst bin ich verloren und kann nicht einmal von hier fort zu Euch. Auch hätte oder muß ich eine Paßerneuerung meines alten vom 17. Sept. 1834 auf Düsseldorf haben. Ein paar Worte auf einen Schein reichen hin. Der alte Paß war mir beim Umziehen verlorengegangen, und darum konnte ich ihn nicht schicken. Meinst Du, ich erhielte Weitläuftigkeiten, über das mehrere Monate verspätete Erneuerungsgesuch, auf ½ Jahr zu richten (ich bin aber noch nächsten Monat bei Euch), so laß es. Du kennst Meyen. Womöglich aber grüß ihn, oder den, der die Regierungspässe austeilt (Kellner?), höflichst von mir, und schaffe mir den Schein. Ich könnte in Münster auf der Durchreise Lärm bekommen. Hier ist mir gar kein Paß abgefodert, und ich hatte sein Datum lange Zeit vergessen.

Dein
Grabbe.

Düsseldorf, 29. April 1836.
Die Adresse steht oben im Brief.

Karl Ziegler

Grabbes Rückkehr

Ich weiß, als er über den Lippischen Wald herüberfuhr und zum ersten Mal wieder das kleine freundliche Detmold zu seinen Füßen erblickte, da wird sein Gesicht sich verzogen, da wird er an seinen Gliedern gezittert haben. Also mußt Du in all die Widerwärtigkeiten, denen Du entfliehen wolltest, wieder hinein! Wie freute ich mich, als ich damals dem Neste den Rücken zugekehrt hatte. Welche Hoffnung! Alles vorbei! Und welcher Empfang wartet meiner! Wie ertrag' ich die schadenfrohen Blicke! Wenn nur keiner von meiner Rückkehr spräche! Und was sagt Deine Frau! Ha, Deine Frau! Ich möchte wieder umkehren. Aber wohin? Du bist ruinirt an Leib und Seele – und die Thränen werden ihm in die Augen gekommen sein, wenn er noch Thränen hatte.

Den Tag nachher, als er zurückgekehrt war, kam ich Nachmittags auf die Ressource. Es waren mehre junge Leute dort beisammen und es hieß: Weißt Du's schon? Grabbe ist wieder hier. Ja wohl, sagte ein anderer, er ist gestern im Einspänner angekommen, wie man hört, in sehr kläglichem Aufzuge, das nimmt ein trauriges Ende. Er ist übrigens nicht bei seiner Frau, sondern in der Stadt Frankfurt abgestiegen. – In Düsseldorf, sagt man, sind die Kinder auf der Straße hinter ihm hergelaufen und im Wirthshause hat man ihn aufgezogen, ihn wie einen Verlaufenen behandelt. – Die Gäste haben sein tolles Geschwätz satt gehabt und der Wirth soll ihm das Haus verboten haben. – Aber wie reimt sich das mit seinem Verhältniß zu Immermann und seinem vornehmen Umgange? – Ach, er ist nie in vornehmer Gesellschaft gewesen! Wie kann sich denn dieser verrückte Mensch in vornehmer Gesellschaft benehmen! –

Mich soll wundern, ob er wohl zu seiner Frau zieht und ob diese ihn aufnimmt. – Das muß sie wohl!

Mittlerweile hatte einer auf die Straße gesehen und rief nun: Sieh, da geht er hin! Wo, wo? und Alles drängte sich an die Fenster.

Und er ging dahin, ein trauriger Aufzug. Seine Kleidung schien sehr abgetragen und saß sehr nachlässig; der braune Frackrock war hinten am Ellenbogen schon ziemlich weiß geworden und die weite schwarze Hose wehte sehr melancholisch um seine dünnen Beine; die dunkle Weste war bis unter dem Halse zugeknöpft, seine grobe Halsbinde ließ nichts Weißes sehen und auf dem Kopfe trug er eine alte grüne Mütze. In seinem ganzen Körper war kein Halt, er wankte so, daß man fast befürchten mußte, er möchte umfallen; nur langsam bewegte er sich fort, nach seiner Weise, wo er die Spitzen der Füße, wie zufühlend voraussetzte, was übrigens nicht von einer Schußwunde im Duell gekommen war, wie mehrere Aufsätze gemeldet haben, denn Grabbe hat sich nie duellirt, dazu war er in Worten kühn genug, aber nicht in der That.

Gott, wie betrübt! Nein so traurig hätt' ich mir's nicht vorgestellt! sagte man. Der lebt keinen Monat mehr, es ist aus mit ihm. Uebrigens ist es nur gut, er sehnt sich gewiß auch selbst nach dem Tode. Er hat offenbar die Schwindsucht. Der verfluchte Rum! –

Inzwischen kam er an ein Paar Knaben vorbei, welche ihm aus dem Wege gingen, ihn anstaunten und die Mütze zogen.

Als er durch Abnehmen seiner Mütze wieder grüßte, konnte man wahrnehmen, wie sehr ihm das Haar ausgegangen war, sein Kopf war beinah kahl, nur hin und wieder flatterte eine einsame Locke im Winde. Dabei lag auf seinem abgemagerten Gesichte eine tiefe Blässe, eine dicke Finsterniß lagerte sich auf seiner hohen Stirne, ein Gewitter um den Olymp, aber die Blitze seiner Augen waren sehr matt.

Sieh, er fällt vor Mattigkeit. – No – no; es geht noch einmal. Ach, grad wie ein Landläufer.

Nun soll mich wundern, versetzte man wieder, ob er nicht zu seiner Frau geht. – Sicher will er zu seiner Frau. – Das wird Auftritte setzen. – Sie läßt ihn nicht ins Haus, sie schließt die Thür ab. – Biegt er nicht um? – Es ist ein tolles Weib und die zwingt ihn mit dem kleinen Finger. – Ich möchte den Auftritt sehen, wenn er zu ihr kommt. – Nein, er biegt nicht dahin, er geht die Straße hinauf. – Ah, da will er unbemerkt von hinten kommen, sieh, er geht in die Straße, wir wollen sehen. –

Wenn man das wunderliche Leben Grabbe's ansieht, so möchten in manchem Betracht diese leichtfertigen Reden über ihn verzeihlich sein; ich hatte indessen das tiefste Mitleid mit ihm, es war ja ein Anblick zum Herzzerreißen, zum Weinen. Wo ist der Geist der Schlachten, der Eroberer und Weltregierer!

Grabbe ist übrigens, wie ich später erfuhr, nicht zu seiner Frau gegangen, sondern hat auf diesem seinem ersten Ausgange seine Mutter besucht, welche schon damals sehr eingezogen bei einer entfernten Verwandten lebte, die sie früher angenommen hatte. Grabbe hing sehr an ihr, wenn sich seine Zärtlichkeit auch meistentheils auf sonderbare Weise äußerte und seine Schmeicheleien einem fremden Ohre mitunter als die größte Rohheit erscheinen konnten, denn er vermochte gegen kein einziges Wesen recht herzlich anschließend zu sein, und suchte bei aufbrechenden Gefühlen der Zärtlichkeit die Unruhe darüber, daß er sich nicht recht zu geben wußte, in ungestümen Reden und Handlungen zu verbergen. Man sagt, als er in die Stube getreten, wäre sein erstes Wort gewesen, ob es wahr sei, daß seine ehemalige Braut gestorben sei, und als seine Mutter mit ja geantwortet, wäre er dieser weinend um den Hals gefallen und habe sich überhaupt sehr weich und gerührt bewiesen. Er sagte sich gewiß: Ach, warum bin ich nicht mit ihr verbunden, mit dieser guten Seele, und wenn früher seine Liebe auch nicht besonders tief gewesen war, so ist doch dieses sehnsüchtige, leidenschaftliche Zurückwerfen in die Erinnerung aus dem gänzlichen Erliegen unter der Gegenwart, aus dem hoffnungslosen Blick in die Zukunft, aus dem Schmerze darüber sehr wohl erklärlich.

Da Grabbe zu seiner Frau nicht ziehen wollte, wohnte er nun im Gasthause, wo er übrigens so hindämmerte, ohne sich über seine Zukunft einen bestimmten Plan gemacht zu haben; er schien abwarten zu wollen, was das Schicksal über ihn verhänge. Die meiste Zeit hielt er sich in der Wirthsstube auf, saß hier gewöhnlich mißvergnügt an einem Seitentische und mischte sich wenig ins Gespräch, meistentheils nur wenn Bekannte da waren. An der table d'hotes aß er gemeiniglich nicht, denn bei seiner krankhaften Zerrüttung war ihm fast aller Appetit zu Speisen vergangen. Er erhielt sich größtentheils nur durch etwas Spirituoses oder Bier, war übrigens in dieser Zeit im Genuß von geistigen Getränken äußerst mäßig.

Er arbeitete wenig. Des Morgens nahm er wohl dieses oder jenes Journal, dies oder jenes Buch, wie es ihm der Zufall zuführte, in die Hand und blätterte darin, zu einem anhaltenden Lesen kam es aber nicht. Schon ehe er von Detmold wegzog, hatte er zu dauernder Beschäftigung mit fremden Werken keine Ruhe, um wie viel weniger jetzt, wo sein Körper so gänzlich krank war. Es ekelte ihn bald alles Lesen an und so wurde jedes Buch, welches er nahm, bald mit Verdrießlichkeit weggeschleudert. Die Ausführung seines Hermann, den er größtentheils schon in derselben Gestalt mitbrachte, wie er jetzt gedruckt vorliegt, lag ihm sehr am Herzen. Aber auch zu dieser Ausarbeitung fehlte es ihm an rechter Dauer. Wie konnte er auch jetzt anhaltend dichten, wo er seine Lebensgeister vermöge seiner körperlichen Zerfallenheit eigentlich gar nicht beieinander hatte. So las er seinen Hermann freilich häufig durch und fügte hier oder da einen frappanten Zug hinzu; aber von der Vollendung wurde er durch seine Ungeduld weggetrieben.

Auffallend war bei ihm in dieser Zeit eine allgemeine wunderbar weiche Stimmung. Er blickte sich sehnsüchtig um nach Liebe und Theilnahme und hätte einem jeden um den Hals fallen und ihm seine volle Seele aufdecken mögen. Es kam wohl vor, daß er mit diesem oder jenem, welcher theilnehmend auf seine Lage einging und über seine Poesien mit ihm sprach, eine ganze Nacht in der Wirthsstube durchsaß, und ihn nicht eher losließ, als bis die Lichter ganz herabgebrannt waren. In solcher attischen Nacht sprach er dann von seiner Poesie sehr gern, aber er sprach mit einem gewissen Schmerz, als ob er selber über das Riesenmäßige seiner Schöpfungen erschreckt wäre.

Er war darin jetzt ganz anders als sonst, wo übrigens auch, wie wir das schon bemerkt, sein gutes Herz nur von den Bizarrerien überwuchert war. In seinem Innern, wenigstens tief nach Innen, lebte immer ein schöner edler Sinn, der nach freundlichen edlen Lebensverhältnissen das heißeste Verlangen trug, und sein anspruchsvolles und spöttisches Ich wohl hätte etwas anders haben mögen, wenn's nur gegangen wäre, denn wer kann gegen seine Natur!

Thomas Valentin

Grabbes letzter Sommer

›Ich hätte nicht zurückkommen dürfen‹, dachte Grabbe, ›aber wohin, wohin? Jetzt bin ich zu Detmold verurteilt, ungezählte Jahre zu Detmold verurteilt, wie zweimal schon. Dazu diese schneidende Frau, meine Eheliebste, das Beest. Das Elend, die Armut. Ich brauchte doch so wenig: eine ruhige Stube, ein Bett, einen Ofen, einen Tisch, zwei Stühle, einen Schrank. Mit fünfzehn Groschen am Tag will ich auskommen und Dramen schreiben, gegen die alles, was heute auf dem Theater herumstolziert und mit der hohlen Schelle rasselt, Firlefanzerei ist, breitgetretener Quark. Ich will an den eisernen Stäben der Verhältnisse rütteln, daß ihnen die Nachtmützen vom dumpfen Kopfe fliegen und sie wieder in die Hosen pissen wie 1789, wenn sie nur einen grünen Hering essen, der zu nahe an das Wort ›Revolution‹ geriet, als ihn die Krämerin in eine Zeitung wickelte.‹

Das Wasser im Kanal lag nun starr und dunkel wie Schieferplatten. Eine Dienstmagd mit ihrem Einkaufskorb knickste auf der Brücke vor jenem Konsistorial-Sekretär und huschte rasch hinüber auf das Ostufer des Kanals. Eine Ratte tauchte unter einer Baumwurzel herauf. Grabbe beugte sich weit vor. Die Ratte spürte seinen Schatten, zögerte und witterte. Ihre listigen Augen blickten Grabbe aufmerksam an. Er pfiff, und die Ratte ließ sich von der Baumwurzel ins Wasser fallen, verschwand unter dem hängenden Gras.

Grabbe schlug mit seinem Regenschirm nach ihr, traf sie nicht, schlug immer weiter aufs Wasser und freute sich, als sein Gesicht naß wurde. »Rattenwasser!« sagte er laut. Er leckte die Tropfen von seiner Oberlippe. »Rattenwasser!«

Wie oft hatte er hier gehockt und das Wasser und die Wolken darin und die Ratten und die Krickenten belauert, als er drüben in der Laube am Knochenbach seinen *Gothland* begann und verwarf und wieder begann. Da hatten sie die Augen aufgerissen, mit der Zunge geschnalzt und ihren Wind abgelassen! Nicht hier in der Residenz des Fürstentums Lippe, dem tristen Läusenest mit seinen viertausend Einwohnern, nein, in Berlin, in Dresden – wohin er auch kam! Da war der Ruhm ihm nahe gewesen und die Jugend. Tieck und Heine hatten ihn mit den Weltgenies des Theaters in einem Atem genannt, mit Shakespeare – bis er auf die Knie mußte, zu Kreuze kriechen, ins Geldsystem, ins Amt, wie dieser Landsmann, der da unten zum Hof schritt, als ginge es nach Aranjuez.

Grabbe kehrte um. Ekel packte ihn und Wut. Er bleckte die Zähne hinter diesem Polonius her, der sich jetzt ins Residenzschloß schlängelte, dem Fürsten die Stiefel abzulecken und in seinen Taschen zu fischen. ›Die Hosenklappe sollt man eher vorm Gesichte als vorm Bauche tragen, bei den meisten ist die ärgste Zote eben das Gesicht!‹ Grabbe schlug sich mit der Faust in die flache Hand, sein Schirm wirbelte. ›Wahr ist's! Ich habe in meiner Dichtung immer die Wahrheit gesagt, keine schwarmgeistigen Phrasen gemacht, nicht gequengelt.‹ Kein Hoftheater – das überließ er den Baronen und den Pfaffen! Er, Grabbe, schrieb für – ja, für wen schrieb er? Wer gab ihm den Auftrag, wer waren seine Zuschauer, seine Leser, wo wirkte er?

»Keine Sentimentalitäten!« sagte er laut. »Der Mensch trägt Adler in dem Haupte und steckt mit seinen Füßen in dem Kote!« Und dachte: ›Papperlapapp, ich wollte, ich hätte drei Eierpfannkuchen und sieben Flaschen Bier. Wer schickt mir die fünfzehn Groschen am Tag in die Stube, it is the question, Freund Hamlet. Wenn du der Sohn armer Leute gewesen wärest, hättest du deines Vaters Geist von rohen Zwiebeln reden hören. Ich muß mich hier verstellen wie du, Hamlet, aber dabei auch noch sehen, wo der Roggen für mich wächst – bis ich meine Löwen in ihren Kabinetten und Salons loslasse. Ça ira.‹

Grabbe strich am Gitter des Residenzschlosses entlang. Abendsonne funkelte auf den vergoldeten Spitzen der schwarzen Eisenspeere. Ein Hornsignal flog über das Maigrün des frischgeschnittenen Grases im Park. Die Schwäne trieben ruhig auf dem Wasser, und die Kieselsteine knirschten unter dem pendelnden Schritt der Wache.

[...]

Hinter Hiddesen, ein Kornhändler hatte ihn auf seinem Rollwagen mitgenommen, stieg er gegen den Berg in den Lippischen Wald. Grabbe fühlte sich frisch, jung; er knöpfte den braunen Rock auf und sog die reine Luft in sich. Seine empfindlichen Füße schmerzten auf dem Waldboden nicht. Er ging zwischen den Bäumen und hielt die Hand auf: Sonne fiel hinein, er zog die Soldatenmütze ab und öffnete sich der milden Wärme – der Frost in seinem Gemüt, seinem Fleisch taute. Grabbe versuchte zu laufen, über einen vom Wetter gestürzten Baumstamm zu springen. Es gelang ihm; er wurde froh und ging weiter.

Hier kannte er jeden Steg, jeden Bach! Hier war doch das Hellste seiner Erinnerungen von der Kindheit her, das Lebendigste, das geschwiegen hatte, jahrelang, zugeschüttet vom Elend, der gebrochenen Hoffnung, den zerschlagenen Träumen, überschwemmt vom Rum. Doch jetzt stand es wieder auf, grünte, wuchs, reckte sich und schüttelte die Wipfel, in denen es sang, hundertstimmig und klar. Er hörte die Drossel wieder, der er vor zwanzig Jahren nachgeschlichen war, von Baum zu Baum in der Morgenfrühe, wenn der Vogel anhob und die fünf Noten, genau diese fünf Töne sang, frisch und durchsichtig, wie Quellwasser durch die Finger tropft – die Morgentöne aus einer Musik Mozarts! Erst viel später hatte er erfahren, daß der junge

Mozart die Amsel lange vor sciner Komposition gehört, daß er Natur zum Widerklang, zu neuer Wirklichkeit gebracht hatte.

Auf einer Felskuppe blieb Grabbe stehen, wischte sich das Gesicht ab, sah um sich. Sternschanze, Uffler, Grotenburg und da drüben, weiter nach Süden, Hohnei, Kortewebelshals, Koppennacken, Möllmanns-kamp, Schnepfenflucht, Gauseköte – das klang doch anders als Düsseldorf und Eschersheim.

›Das Sterben will ich im Teutoburger Wald abmachen. Nä, nä, erst das Stück, die *Hermannsschlacht.* Teufel, da wächst was! Ans Sterben denk ich nicht länger. Die *Hermannsschlacht* ist über mir wie ein Sternenmeer. Ich, die Krabbe aus dem Detmolder Zuchthaus – wenn ihr schon alle tot seid, verfault, vermodert, ich lebe noch! Mit meinem *Gothland* lebe ich noch, meinem *Napoleon*, meinem *Don Juan und Faust*, meinem *Hannibal*, in hundert Jahren noch. Die *Hermannsschlacht* muß noch mehr Wahrhaftigkeit haben, Schlachtendampf, Gewitter, lange sprühende Blitze auf diese Gipfel! Mir ist einerlei, wie sie's auf die Bühne bringen wollen, das Stampfen der Pferde, das Morden – und die Massen, aus denen die Geschichte gemengt wird, das Volk, in dem Hermann verschwindet, aus dem Hermann sich aufbäumt wie der Sturm aus der flauen Luft. Ich hab eine Liebe für die Bauern Westfalens, ihre Steinschädel, ihre breiten, langsamen Hände, ihren erdfesten Tritt, den Argwohn ihrer Blicke; und ihre Mäuler, die so viel schlucken und kauen, ehe sie das Wort auf die Zunge legen – und wieder verschlucken. Gut, sie heucheln, daß sie Christen sind, stülpen sich sonntags den Heiligenschein auf die Dickköpfe und sind doch von der Demut, von den sanften Sinnen der Christen weiter weg als der Bulle von der Lilie. Auf den Gehöften jedenfalls und in den Dörfern. In Detmold nicht, da herrscht die Scheinheiligkeit, der Pietismus, die Gottesfurzerei – und die Gewinnsucht. Die Gewinnsucht! Schon in meinem *Hannibal* habe ich sie am Werk gezeigt, wie sie alles abwürgt, das Genie und sein Volk, wie sie die Pest ist in der Geschichte und im Menschen, der gleißende Tod, der alles ummäht, längst vorm Sterben. Aber darüber gibt's noch ein paar kräftige Worte für dich zu sagen, Grabbe! Schneidende Worte, denn das haben sie alle noch nicht aufs Theater gebracht: Goethe nicht, dieser Sohn wohlhabender Eltern, der aus seinem vornehmen Leben Literatur destilliert, aber nicht die Weltgeschichte geballt hat in seiner Dichtung, sprengkräftig; selbst Shakespeare zu wenig, der Aristokratenfreund; nicht einmal Schiller, der hatte keine Zeit, sich umzusehen auf der Erde, im Dreck, in den Kotten und in den Banken, den Kassetten und Kontoren der Geldfresser. Er mußte zu schnell hinab – hinauf? Was weiß ich! Sie haben mir viel zu tun übriggelassen.‹

Zwischen den Buchen lag altes Laub, er schlurrte hindurch. Es raschelte mürb und geheimnisvoll laut; ein Salamander glitt vom Moosstein in einen Waldbach. ›Als Kind haben wir sie gefangen und vor kleine Wagen aus Karten und Spanschachteln gespannt. Einer, der picklige Heinrich – sein Vater handelte mit Uniformen, jeder neunte in Detmold hatte eine Uniform –, der picklige Heinrich versprach mir sechs Steinhäger, wenn ich einen Feuersalamander im Maul bis zum ›Apenkrug‹ trüge. Sechs Steinhäger – ich hab's gemacht! Als ich den ersten getrunken hatte, kam einer unserer Lehrer in die Schenke. Falkmann, nein, Pistorius, es verschlug ihm die Sprache, was er da sah, und ich trank die sechs Steinhäger, die vor mir standen, aus, alle ex, seelenruhig. Er hat sich gerächt, Pistorius. Nein, so hieß er nicht; Moebius? Ist ja auch einerlei.‹

Grabbe kam zu einem stürzenden Waldbach, ein dünner Eichenstamm lag darüber. Grabbe hielt den Atem an und ging vorwärts, schwankte, breitete die Arme aus und kam hinüber. Er lachte. »Mein Herz ist grün vor

Wald«, sagte er in die Stille, und: »Ich habe zu lange wenig Sonne genossen.« Er stieg höher, über die Sternschanze hinaus. ›All das Grün, alle Täler, das volle Volk der Bäume soll hinein in das neue Stück, soll darin rauschen und sich bewegen. Und alle diese Dickköppe, Knorze und breitspurigen Roßtäuscher und Bauern, mit ihrer gerissenen Dummheit, ihrer Fleischeslust, ihrem breiten Arsch, den sie der Kultur, den Römern entgegenhalten; samt ihrer Hinterlist und ihrem Todesmut, mit dem sie bullenstark und ochsenstur in den Sieg gehen und ins Verrecken. Ich will die ganze mörderische Schlacht im Teutoburger Wald, die zwanzigtausend Leichen, hier aus der Erde reißen – und am Schluß ins alternde Rom gehen, zum Kaiser Augustus, und dann dem Stern folgen nach Bethlehem, mit den drei Königen aus Äthiopien, Arabien und Indien, das Schilf des Jordans flüstern lassen und an die Krippe treten. Jesus Christus – und immer auch, gleichzeitig, ein Augustus, Tiberius, Pontius Pilatus, ein blutdürstiger Herodes! So stampft die Geschichte Liebe und Mord aus unserer rollenden Erde – und hier, auf den Bergeshöhen um Detmold, soll diesmal das tragische Menschenspiel seinen Anfang nehmen.‹

Grabbe blieb stehen. Am Ende eines Holzwegs, einen Kahlschlag vor sich, schloß er die Augen und lauschte auf das Murmeln, das Singen, das Rauschen, mit dem der Wind in die Bäume am Waldrand fuhr. Er sprach und verwarf Szenen aus seinem Stück; suchte andere und fand sie, ging auf und ab zwischen den Stubben und trat dawider. Grabbe fluchte, lachte, machte die Augen wieder auf und schwankte mit seinem schlotternden Gang auf der kahlen Lichtung hin und her.

Ferdinand Freiligrath

Bei Grabbes Tod

Dämm'rung! – das Lager! – Dumpf herüber schon
Vom Zelt des Feldherrn donnerte der Ton
Der abendlichen Lärmkanonen;
Dann Zapfenstreich, Querpfeifen, Trommelschlag,
Zusammenflutend die Musik darnach
Von zweiundzwanzig Bataillonen!

Sie betete: »Nun danket alle Gott!«
Sie ließ nicht mehr zu Sturmschritt und zu Trott
Die Büchse fällen und den Zaum verhängen;
Sie rief die Krieger bittend zum Gebet,
Von den Gezelten kam sie hergeweht
Mit vollen, feierlichen Klängen.

Der Mond ging auf. Mild überlief sein Strahl
Die Leinwand rings, der nackten Schwerter Stahl
Und die Musketenpyramiden.
Ruf durch die Rotten jetzo: »Tschako ab!«
Und nun kein Laut mehr! Stille, wie im Grab –
Es war im Krieg ein tiefer Frieden.

Doch anders ging es auf des Lagers Saum
Im Weinschank her; – da flog Champagnerschaum,
Da hielt die Bowle dampfend uns gefangen,
Da um die Wette blitzten Epaulett'
Und Friedrichsd'or; da scholl's am Knöchelbrett:
»Wer hält?« und Harfenmädchen sangen.

Zuweilen nur in dieses wüsten Saals
Getöse stahl ein Ton sich des Chorals,
Mischte der Mondschein sich dem Schein der Lichter.
Ich saß und sann – »Nun danket – « »Qui en veut?«

Geklirr der Würfel – da auf einmal seh'
Aus meiner alten Heimath ich Gesichter.

»Was, du?« – »Wer sonst?« – Nun Fragen hin und her.
»Wie geht's? von wannen? was denn jetzt treibt der?«
Auf hundert Fragen mußt' ich Antwort haben. –
»Wie« – »Nun, mach schnell, ich muß zu Schwarz und
Roth!«
»Gleich! nur ein Wort noch: *Grabbe*?« – »Der ist todt;
Gut' Nacht! Wir haben Freitag ihn begraben!«

Es rieselte mir kalt durch Mark und Bein!
Sie senkten ihn vergangnen Freitag ein,
Mit Lorbeern und mit Immortellen
Den Sarg des todten Dichters schmückten sie –
Der du die hundert Tage schufst, so früh! –
Ich fühlte krampfhaft mir die Brust erschwellen.

Ich trat hinaus, ich gab der Nacht mein Haar;
Dann auf die Streu, die mir bereitet war
In einem Kriegerzelt, warf ich mich nieder.
Mein flatternd Obdach war der Winde Spiel;
Doch darum nicht floh meinen Halmenpfühl
Der Schlaf – nicht darum bebten meine Glieder.

Nein, um den Todten war's, daß ich gewacht:
Ich sah' ihn neben mir die ganze Nacht
Inmitten meiner Leinwandwände.
Erzitternd auf des Hohen prächt'ge Stirn
Legt' ich die Hand: »Du loderndes Gehirn,
So sind jetzt Asche deine Brände?

Wachtfeuer sie, an deren sprüh'nder Glut
Der Hohenstaufen Heeresvolk geruht,
Des Corsen Volk und des Carthagers;
Jetzt mild wie Mondschein leuchtend durch die
Nacht,

Und jetzo wild zu greller Brunst entfacht –
Den Lichtern ähnlich dieses Lagers!

So ist's! wie Würfelklirren und Choral,
Wie Kerzenflackern und wie Mondenstrahl
Vorhin gekämpft um diese Hütten,
So wohl in dieses mächt'gen Schädels Raum,
Du jäh Verstummter, wie ein wüster Traum
Hat sich Befeindetes bestritten.

Sei's! diesen Mantel werf' ich drüber hin!
Du warst ein Dichter! – Kennt ihr auch den Sinn
Des Wortes, ihr, die kalt ihr richtet?
Dies Haus bewohnten Don Juan und Faust;
Der Geist, der unter dieser Stirn gehaus't,
Zerbrach die Form – laßt ihn! Er hat gedichtet!

Der Dichtung Flamm' ist allezeit ein Fluch!
Wer, als ein Leuchter, durch die Welt sie trug,
Wohl läßt sie hehr den durch die Zeiten brennen;
Die Tausende, die unterm Leinen hier
In Waffen ruhn – was sind sie neben dir?
Wird ihrer Einen, so wie dich, man nennen ?

Doch sie verzehrt; – ich sprech' es aus mit Graun!
Ich habe dich gekannt als Jüngling; braun
Und kräftig gingst dem Knaben du vorüber.
Nach Jahren drauf erschaut' ich dich als Mann;
Da warst du bleich, die hohe Stirne sann,
Und deine Schläfe pochten wie im Fieber.

Und Male brennt sie; – durch die Mitwelt geht
Einsam mit flammender Stirne der Poet;
Das Mal der Dichtung ist ein Kainsstempel!
Es flieht und richtet nüchtern ihn die Welt!«
Und ich entschlief zuletzt; in einem Zelt
Träumt' ich von einem umgestürzten Tempel.

Ferdinand Freiligrath

Ein Brief

AN HERMANN KUNIBERT NEUMANN

Soest, 28. Januar 1837

Das Geschick hat es mir leider nicht vergönnt, Grabbe auf längere Zeit nahe zu stehen. Obgleich im nämlichen Orte geboren, haben wir uns doch nur einige Mal gesprochen. Durch einen ganzen Gymnasialcursus von einander getrennt (er war ungefähr acht oder neun Jahr älter als ich), konnte es nicht fehlen, daß wir einander bald aus den Augen verloren, um so mehr, als ich Detmold grade um die Zeit verließ, als er von seinen ersten Irrfahrten in Leipzig, Berlin, Dresden und Braunschweig dahin zurückkehrte. Eigentlich kennen lernte ich ihn erst 1830, im Hause seiner nachherigen Frau.

Ich war damals ein unbedeutender Bursch von neunzehn Jahren. Was Grabbe von mir gelesen hatte, konnte ihm wahrlich keine besondere Idee von mir beibringen, nichtsdestoweniger aber kam er mir so herzlich entgegen, daß ich noch jetzt mit gerührter Freude daran zurückdenke. Er ist nun todt! Die Schlacke ist der Erde zurückgegeben, sein Unsterbliches aber schüttelt jetzt die Schwingen, und lächelt über den Pöbel, der den Titanen mit Koth bewarf, weil er ihn nicht begriff! –

Jörg Fauser

Café Grabbe

Grabbes Ende: er schrieb sein letztes
Stück, Die Hermannsschlacht, »mein Herz
ist grün vor Wald«, er stelzte
›wie ein Nachtgespenst‹ durch Detmold
um seine Frau nicht sehn zu müssen.
Seine Krankheit, sein Land, seine Zeit
brachten ihn um sein Leben.
Seine Frau tötete ihn.
Er starb an sich selbst.
Einmal machten ihn die Spießer besoffen
und er las ihnen auf der Straße
aus der Hermannsschlacht vor.
Sie pfiffen ihn aus, brüllten
vor Lachen und bewarfen ihn
mit Kot.

Schließlich krepierte er. Der Pastor
leierte seinen Sermon, und im Todeskampf
hörte er noch Frau und Mutter keifen.
Als er kalt war, legte seine Frau
ihm einen Lorbeerkranz um die Stirn
wie sie schriftlich vor der Ehe
versprochen hatte. Sechzehn Personen
gaben ihm das letzte Geleit, ihm
der Tausenden eine Rolle
geschrieben hatte.
Es war September 1836, und die
westfälische Erde war weich
vom Regen. Metternich herrschte
in Europa. Eckermann veröffentlichte
Gespräche mit Goethe. Dreyse erfand

das Zündnadelgewehr. Der Kapotthut war
der Schlager der Saison, und Schopenhauer
schrieb über den Willen in der Natur.
Adler und Eulen hielten Totenwache
an Grabbes grünem Herz.

143 Jahre später bin ich in Detmold
und stehe vor dem Sterbehaus.
Im Erdgeschoß ist das Café Grabbe.
Es ist geschlossen. Samstagnachmittag.
im Fenster hängt eine Harfe aus Brotteig.
Die Torten sind über Sonntag weggesperrt.
Das Fenster im Dachgeschoß ist verriegelt.
Niemand ist zu sehen. Ein Radio irgendwo
überträgt Fußball. Die Straßen sind
frisch gekehrt. Der Pastor
trägt Rollkragen. Im Imbiß am Markt
trinke ich einen Doppelkorn, in der
Musikbox läuft Dschingis Khan. Metternich
ist auch schon lange tot, Grabbes Herz
weiterhin grün. Ausflugsbusse rattern
zum Hermannsdenkmal. Das Schwert aus Bronze
funkelt in der Sonne. Es zeigt noch immer
nach Westen. Später rüsten die Kriegervereine
zum Heimweg, die Rocker lassen
die Motorräder an. Es wird auch gesungen.
O Deutschland. Ach, Deutschland.
Ich lege den Kopf an die warme Erde
aber Grabbes Herz schlägt nicht mehr.
Nach den Adlern sollen jetzt
auch die Eulen aussterben.

Anhang

»Kommt tempus, kommt Grabbe«

Nachwort

»Wenn ich zu dieser Zeit eine Biographie Grabbe's veröffentlichen will, so steht der günstigen Aufnahme derselben, das weiß ich sehr wohl, Manches entgegen. Seine Schriften sind in neuerer Zeit sehr in den Hintergrund getreten und eigentlich nur mehr den Literaten und Literaturhistorikern bekannt.« Das schrieb der Grabbefreund und -biograph Karl Ziegler bereits 1855 – nur neunzehn Jahre nach Grabbes Tod. Und hatte auch eine Begründung parat: »Grabbe fehlte das geschmeidige Talent, seine großen, schönen Gedanken in eine leicht gefällige Form zu gießen.«

Recht hatte Ziegler, denn bis heute gelten – abgesehen von »Scherz, Satire, Ironie und tiefere Bedeutung« – Grabbes Stücke als unspielbar und werden selten aufgeführt; ein Schicksal, das ihnen bereits zu Lebzeiten Grabbes zuteil wurde: Nur von »Don Juan und Faust« erlebte Grabbe eine Inszenierung am Detmolder Hoftheater (mit Albert Lortzing als Komponist und Darsteller). Grabbe war sich der Unaufführbarkeit seiner Stücke durchaus bewußt und schrieb angesichts der seinerzeit herrschenden Theatermoden dezidiert für Leser anstatt für die Bühne: das »rechte Theater des Dichters ist doch die Phantasie des Lesers«.

Dennoch irrte Ziegler, denn nach wie vor ist Grabbe im literarischen Gedächtnis und Bewußtsein präsent – vielleicht gerade weil ihm das »geschmeidige Talent« abging. Nur wenige Fälle kennt die deutsche Literaturgeschichte, in denen einem Autor eine solche Fülle dubioser, abwertender, immer extremer Charaktereigenschaften zugesprochen wird: asozial, versoffen, gescheitert, lebensunfähig, grob, unangepaßt – ein »Wüstling, aber auch ein Genie«, ein »Süffel und Lump«, gar »Säufer und Lüstling« (Paul Burg-Schaumburg). Friedrich Hebbel, als dessen Vorläufer Grabbe immer wieder bezeichnet wird, sah in seinem Kollegen »ein Knäuel von Sittenlosigkeit und Bildungsunfähigkeit«, »ein entsetzliches Experiment der Natur« und steigert sich in eine Rhapsodie aberwitziger Attribute, wie später etwa Ludwig Marcuse, dem Grabbe »ein gewalttätiger Bauer«, ein »kochender Vesuv« ist: »Der penetrante Wildgeruch des Urwaldtiers aus Detmold wirkte noch durch das Werk hindurch vergiftend auf empfindliche Naturen.« Da wird das »Rohe, Ungeheuerliche seiner Anschauungen« bestaunt (Karl Immermann), »die schroffe Größe des unseligen Menschen« raunend bewundert (Peter Hille), gar »das Grinsen einsamen Grimmes« alliterierend beschworen (ders.), die »einsame«, ja gar »Cyklopenkraft« »dieses Athleten in schwächlichem Körper« (abermals Hille). Als hätte er's geahnt, nahm Grabbe in »Scherz, Satire« all diese ihrerseits wüst-genialischen Stigmatisierungen vorweg, sich in einem Scherz, Satire, Ironie und tiefere Bedeutung kumulierenden Selbstauftritt als »vermaladeiten Grabbe« und »zwergigte Krabbe« karikierend: »Er ist so dumm wie'n Kuhfuß, schimpft auf alle Schriftsteller und taugt selber nichts«.

Die Crux besteht im Fall Grabbes in dem Umstand, daß Werk und Vita kaum separat gesehen werden: »Eine exakte Trennung von Dichtung und Wahrheit in seiner Legende wird wohl nie gelingen, aber sicher ist, daß er gern als Erzbohemien, Originalgenie und Bürgerschreck posierte und seine Umgebung zwanghaft und genußvoll durch sein Rollenspiel schockierte« (Ladislaus Löb). Wer Grabbe liest, wird im Hinterkopf in der Regel die Umstände eines als tragisch zu bezeichnenden Lebens haben: die Kindheit in provinzieller Enge, die strengen hierarchischen Verhältnisse der Residenzstadt Detmold, die Abstammung vom dortigen Gefängnisverwalter, die vergeblichen Versuche, sich in Berlin, Leipzig, Dresden, in Frankfurt und Düsseldorf als Dichter oder Schauspieler durchzusetzen, das Leiden unter der zweimaligen resignativen Rückkehr nach Detmold, die qualvolle Fron als Advokat und Militärrichter daselbst, die katastrophale Ehe, der Alkoholismus, der frühe Tod. Das ist der Stoff, aus dem die Mythen sind und der Grabbe in die Galerie der frühverstorbenen, unter der Gesellschaft und sich selbst leidenden Gescheiterten stellt, von Johann Christian Günther über Jakob Michael Reinhold Lenz und Heinrich von Kleist bis zu Paul Scheerbart, Rolf Dieter Brinkmann, Jörg Fauser.

Die logische Konsequenz der Legendenbildung besteht darin, daß Grabbe wie kaum ein anderer deutschsprachiger Dichter vom Schöpfer zur Figur von Dichtung avancierte. Allein 43 Texte mit »Grabbe als Held in Drama und Roman« verzeichnete der Grabbeforscher Alfred Bergmann 1964. Die Zahl ist inzwischen kontinuierlich weiter gewachsen. Seit 150 Jahren wird Grabbes Werk von unterschiedlichsten Epochen und Autoren rezipiert, wobei die Aufnahme ihrerseits extrem ist – je nach Gusto bedient Grabbe den Mythos des asozialen Poeten, Dichters der sozialen Revolte oder einsamen Weltschmerzes, Anhängers biedermeierlichen Ordnungsdenkens, bohemehaften Bürgerschrecks und unpolitischen Bourgeois, des Aufklärers und tragikomischen Nihilisten, des Zerstörers pathetischen Idealismus' und pathetischen Humanisten.

Für die Bühne entdeckten als erste die Naturalisten Grabbe als avantgardistischen Dramatiker, der ihren Vorstellungen eines neuen, realistischen, die traditionellen dramaturgischen Reglements und Grenzen sprengenden Theaters entsprach, getragen von »Verbundenheit mit Grabbes Schicksal im Kampf gegen restaurative Zeitumstände und seines Scheiterns an den herrschenden Bühnenverhältnissen« (Frank Höfer). Der Expressionismus feierte Grabbes eruptive, dynamische Sprache und, den Naturalisten vergleichbar, seine antibürgerliche Attitüde. In der Nazizeit avancierte Grabbe gar zum glorifizierten nationalen Renommierdichter, basierend auf seinen heftigen antisemitischen Ausfällen (nicht nur gegen Heine), seinem Patriotismus und Titanismus, seiner Begeisterung für historische Großdarsteller. Dem Geschichts-, Menschen- und Führerbild der Nazis paßte der titanische Grabbe wunderbar ins Konzept: »Reichsdramaturg Rainer Schlösser pries Grabbe als ›Antisemit unter Judengenossen, Franzosenfresser unter Frankophilen, Volksmann unter Bürgern, soldatischer Geist unter Pazifisten, Heldenverehrer unter Milieutheoretikern, Volksdichter unter Feuilletonisten‹« (Ladislaus Löb). Die Literaturhistoriker und Theatermacher der DDR sahen in Grabbe den Prototypen eines Opfers feudalistischer Herrschaftsbedingungen, wobei sich das »in der Aneignung der siebziger Jahre gelegentlich auftretende Klischee, daß Grabbe ausschließlich an den gesellschaftlichen Verhältnissen und nicht auch an sich selbst gescheitert sei« (Lothar Ehrlich), in den achtziger Jahren veränderte, indem nun »am historischen Beispiel individuelle Probleme unter dem Aspekt des Verhältnisses von Anspruch und Realisierung, von Ideal und Wirklichkeit reflektiert werden. Grabbes negative geschichtliche Erfahrung, die subjektive wie objektive Ursachen hat, die sowohl durch seine psychische und soziale Disposition wie auch die gesellschaftlichen Verhältnisse nach den Befreiungskriegen und dem Wiener Kongress bedingt ist, wird zum Ausgangspunkt für eine kritische Auseinandersetzung.« (ders.) Im Westen wurde der Schwerpunkt eher auf das Interesse für »Gescheiterte; gebrochene, zerbrochene Charaktere« gelegt, als »Historisch-Biografisches, aufgearbeitet zu Verständigungstexten« Konjunktur hatte (Maria Porrmann).

Gemeinsam ist allen, daß sie aus dem breiten Spektrum des Grabbewerkes die ihnen tauglichen Aspekte lösten und für das Ganze nahmen. So kann man sich natürlich auf Grabbes Faible für die großen Gestalten der Historie fokussieren, auf ihre einsamen Leistungen und Verfehlungen, Grabbes grundlegenden Geschichtspessimismus allerdings

ter aufweisen. Das Destruktive, Antihumanistische und Antimaterialistische, das fatalistische Leiden der »Trümmer einer *zerstörten* Subjektivität« (Brief an Kettembeil) in einer Welt, die »ein mittelmäßiges Lustspiel« (Scherz, Satire) ist, sind Elemente, die das heutige Theater, die aktuelle Literatur vor dem Hintergrund von Phänomenen wie Neoliberalismus und Globalisierung aufweist. Die Zerstörung einer Fortschrittsideologie macht Grabbe zu einem Vordenker der Moderne, indem er das Zerrbild des Unmenschen zeigt und eine kühle Opposition zur fehlgeschlagenen bürgerlichen Humanitätslüge einnimmt, lakonisch und zynisch: »Auch an die Hölle kann man sich gewöhnen« sagt Gothland. Allein der »Gothland« sollte die gegenwärtigen Bühnen interessieren: »Der Mensch erklärt das Gute sich *hinein*, / Wenn er die Weltgeschichte liest, weil er / Zu *feig* ist, ihre grause Wahrheit kühn / Sich selber zu gestehn!« – »Was / Ist toller als das Leben? Was / Ist toller als die Welt? / Allmächtger *Wahnsinn* ists, / Der sie erschaffen hat!«

Doch auch unabhängig von jeweiligen Trends und zeitgeschichtlichen Umständen gilt, daß Grabbes Werke literarische Qualitäten aufweist, die sein Vergessen verbieten sollten. Daß »Scherz, Satire, Ironie und tiefer Bedeutung« trotz aller zeitbezogener Anspielungen in seiner raren Komik und übersprudelnden Frechheit einen Evergreen der in Deutschland so dünn gesäten komischen Literatur ausmacht, ist ein Gemeinplatz. Doch auch die Rezensionen, Aufsätze und Stücke sind von eigener Qualität: Grabbe schuf komische Figuren, die neben Shakespeares berühmtem Falstaff bestehen können, und wie kaum ein Zweiter war er fähig, komplexe historische Zusammenhänge in wenigen Szenen auf die Bühne zu bringen, Genre- und Volksszenen zu zeichnen, atemberaubende historische Tableaus zu entwerfen. Grabbe war ein veritabler Satiriker, dessen Attacken vor allem gegen die mediokre Zeitgeistliteratur Glanzlichter des Genres sind: »Grabbes Lustspiel ist taufrisch geblieben; das Publikum lacht sogar über Anspielungen auf Schriftsteller, deren Namen niemand mehr kennt – die Geste der Satire ist so stark, daß sie ihren vergessenen Gegenstand mitproduziert. Grabbe beherrscht schon Tricks, die erst 130 Jahre später durch Autoren wie Adamov und Ionesco populär geworden sind« (Georg Hensel). Singulär ist vor allem Grabbes eminent dynamische, expressive Sprache, das Talent zu blitzenden Aperçus und Formulierungen. Natürlich gibt es Schwächen, sind manche historische Auftritte für heutige Leser von unfreiwilliger Komik, war er unfähig, psychologische Feinzeichnungen und Entwicklungen seiner Figuren zu liefern, sind manche der Biedermeierzeit zu verdankende Sichtweisen für nachfolgende Generationen von geringem Interesse und schwer nachzuvollziehen. »Vieles an Grabbe ist krumm, grotesk formlos, wuchernd, wabernd und ächzend. Punktuell aber glitzert es, glimmt es, grollt oder gluckert der Text, entfaltet er prachtvolle Verschrobenheit und zarte Empathie« (Jürgen Roth).

Bar jeden Anspruchs auf Wissenschaftlichkeit und Vollständigkeit will das vorliegende Buch zu einer Neu- und Wiederlektüre Grabbes einladen, ein buntes Mosaik, das Klischees und Dokumente, Selbst- und Fremdzeugnisse, seriöse und stilisierende Grabbebilder nebeneinander stellt. Und bewußt auf die Klärung der Frage, wer Grabbe denn nun war, verzichtet, dabei so subjektiv vorgehend, wie Grabbe selbst, wie seine Rezipienten; allenfalls einer Richtung folgend – einer grundlegenden Faszination und Sympathie, nicht zuletzt für den geistreichen, komischen Autor. »Kommt tempus, kommt Grabbe« schreibt Grabbe in einem Brief. Schön wäre es. Aber er ist ja schon da…

Thomas Schaefer

Personenregister

AHLEFELDT, ELISE GRÄFIN VON (1788–1855), Karl Immermanns Geliebte in Düsseldorf.

BALLHORN-ROSEN, FRIEDRICH (1774–1855), Direktor der Detmolder Justiz-Kanzlei.

BÖRNE, LUDWIG (1786–1837), Schriftsteller, einer der wichtigsten Vertreter des »Jungen Deutschland«.

BURGMÜLLER, NORBERT (1810–1836), Komponist, in Düsseldorf einer der letzten Freunde Grabbes.

CLOSTERMEIER, CHRISTIAN GOTTLIEB (1755–1829), Archivrat in Detmold.

COTTA, JOHANN FRIEDRICH (1764–1832), Stuttgarter Verleger.

DULLER, EDUARD (1809–1853), Journalist und Verfasser der ersten (und umstrittenen) Grabbe-Biographie.

FALKMANN, CHRISTIAN FERDINAND (1782–1844), Rektor des Detmolder Gymnasiums.

FRANK, GUSTAV VON (1807–1860), Herausgeber.

FRIEDRICH WILHELM IV. (1795–1861), Kronprinz, ab 1840 König von Preußen.

GLANZOW, Pseudonym des Detmolder Pastors und Schriftstellers Johann Friedrich Wilhelm Pustkuchen (1793–1834), Autor der »Falschen Wanderjahre«.

GRABBE, ADOLF HENRICH (1765–1832), Grabbes Vater, Zuchtmeister, Verwalter der Leihbank in Detmold.

GRABBE, DOROTHEA (geb. Grüttemeier) (1765–1850), Grabbes Mutter.

GRABBE, LOUISE CHRISTIANE (geb. Clostermeier) (1791–1848), Tochter des Detmolder Grabbeförderers Archivrat Christian Gottlieb Clostermeier; Grabbes Ehefrau.

HARDENBERG, KARL AUGUST VON (1750–1822), preußischer Staatsmann.

HERLING, SIMON HEINRICH ADOLF (1780–1849), Frankfurter Lehrer und Theologe.

HOFFMANN VON FALLERSLEBEN, AUGUST HEINRICH (1798–1874), Lyriker (Dichter des Deutschlandliedes).

KELLNER, THEODOR (1774–1855), Detmolder Regierungssekretär.

KETTEMBEIL, GEORG FERDINAND (1802–1857), Buchhändler und Verleger in Frankfurt am Main; Grabbes Verleger.

KOBBE, THEODOR VON (1798–1845), Redakteur.

KÖCHY, KARL (1800–1880), Studienfreund Grabbes in Berlin, Jurist und Schriftsteller.

KRONPRINZ, siehe FRIEDRICH WILHELM IV.

KÜSTNER, KARL THEODOR (1784–1864), Leiter des Leipziger Theaters.

MEIEN, CHRISTIAN VON (1781–1857), lippischer Regierungsrat, Vorgesetzter des Auditeurs Grabbe.

MENZEL, WOLFGANG (1798–1873), Schriftsteller, Herausgeber des Literaturblattes zum »Morgenblatt«.

MEYER, HEINRICH CONRAD ERNST (1796–?), Detmolder Kaufmann.

MÜLLNER, ADOLPH (1774–1829), populärer Dramatiker.

NEUMANN, HERMANN KUNIBERT (1808–1875), Schriftsteller aus Wesel.

PAULINE, Fürstin zur Lippe (1769–1820).

PETRI, MORITZ LEOPOLD (1802–1873), Assessor am Detmolder Hofgericht, seit Schulzeiten Freund Grabbes.

PUSTKUCHEN, siehe GLANZOW.

RUNNENBERG, CARL WILHELM (1794–?), Leutnant und Postmeister in Detmold.

SAVIGNY, FRIEDRICH KARL VON (1779–1861), Berliner Juraprofessor.

SCHREINER, CARL GEORG (1803–?), Grabbes Düsseldorfer Verleger.

SPRÜTTEN, ANNE KATHRINE (1795–1858), Detmolder Lehrerwitwe.

TIECK, LUDWIG (1773–1853), Dichter und Shakespeare-Übersetzer, Grabbeförderer und -kritiker.

UECHTRITZ, FRIEDRICH VON (1800–1875), Studienfreund Grabbes, Jurist und Schriftsteller.

VARNHAGEN VON ENSE, RAHEL (1771–1833), Autorin, Gastgeberin eines legendären literarischen Salons in Berlin.

VOSS, OTTO KARL FRIEDRICH VON (1755–1823), preußischer Staatsmann.

Zeittafel

1801	11. Dezember: Geburt Grabbes als Sohn des Zuchthausaufsehers und späteren Leihbankverwalters Adolph Henrich Grabbe und seiner Frau Dorothea, geb. Grüttemeier.
1807–1812	Besuch der Bürgerschule.
1812	Eintritt in das Detmolder Gymnasium.
1816	Sendung des nicht erhaltenen Dramenmanuskripts *Theodora* an den Verleger Georg Joachim Göschen in Leipzig, der es ablehnt.
1819	Grabbes Abgang vom Gymnasium wird um ein Jahr verschoben. Beginn der Arbeit an *Herzog Theodor von Gothland.*

1820 Nach dem Abitur im Mai Einschreibung an der Universität Leipzig für ein Jurastudium, für das Grabbe ein Stipendium der Fürstin Pauline erhält. Bekanntschaft mit seinem späteren Verleger Georg Ferdinand Kettembeil.

1822 Wechsel an die Universität Berlin. Abschluß des *Gothland,* Niederschrift von *Scherz, Satire, Ironie und tiefere Bedeutung.* Beide Stücke sendet er zur Beurteilung nach Dresden an Ludwig Tieck. Zugang zu literarischen Kreisen um Heinrich Heine, Karl Köchy, Friedrich von Uechtritz.

1823 Im März Reise nach Leipzig und weiter nach Dresden zu Tieck, nach Braunschweig und Hannover: vergebliche Versuche, sich als Schauspieler, Autor oder Dramaturg am Theater zu etablieren. Abschluß von *Marius und Sulla* sowie *Nannette und Maria.* Im August Rückkehr nach Detmold.

1824 Im Februar Antrag bei der lippischen Regierung um Zulassung zum juristischen Staatsexamen. Nach bestandener Prüfung im Juni Advokat in Detmold; bis 1826 keine literarischen Arbeiten.

1826 Herbst: Anstellung als Hilfsauditeur (Militärrichter), vergebliche Bewerbung um eine Stelle als Archivar.

1827 Beginn der Arbeit an *Don Juan und Faust.* April: Kettembeil bietet Grabbe den Druck seiner Stücke an und löst damit neue Arbeitsenergie aus. Die *Dramatischen Dichtungen nebst einer Abhandlung über die Shakespearo-Manie* erscheinen im Oktober in Kettembeils Hermann'scher Buchhandlung in Frankfurt am Main. Weder Tieck noch Goethe reagieren auf die Zusendung des Werkes.

1828 Januar: Ernennung zum lippischen Auditeur im Leutnantrang. Entstehung von *Don Juan und Faust,* rege literarische Aktivitäten (Arbeit an den Hohenstaufen-Dramen).

1829 *Don Juan und Faust* erscheint und wird im März unter Mitwirkung Albert Lortzings (als Komponist und Darsteller) am Hoftheater Detmold uraufgeführt – die einzige Inszenierung eines Grabbe-Stückes zu dessen Lebzeiten. Grabbe schließt einen langfristigen Verlagsvertrag mit Kettembeil ab; Entstehung von *Kaiser Friedrich Barbarossa, Aschenbrödel* und *Kaiser Heinrich der VI.;* Beginn der Arbeit an *Napoleon oder die hundert Tage.* Aufnahme der Beziehung zu Louise Christiane Clostermeier, um die Grabbe vergeblich wirbt.

1830 Beginn der Beziehung zu Henriette Meyer; Verschlechterung des Gesundheitszustands, Spannungen mit Kettembeil. Entstehung von *Napoleon oder die hundert Tage* und *Etwas über den Briefwechsel zwischen Schiller und Goethe.*

1831 Heimliche Verlobung mit Henriette Meyer im Frühjahr, Bruch der Verbindung im Herbst, Wiederaufnahme der Beziehung zu Louise Christiane Clostermeier; erste Begegnung mit Karl Immermann. *Napoleon oder die hundert Tage* erscheint, Arbeit am *Kosciuszko,* im August Reise nach Frankfurt.

1833 Im März Hochzeit mit Louise Christiane Clostermeier, baldige Eheprobleme, Verschärfung der Situation Grabbes (unbefriedigende Resonanz auf sein Werk, Leiden unter der Arbeit als Auditeur, die er zunehmend vernachlässigt).

1834 Zunehmende familiäre und gesundheitliche Probleme, Petition an Leopold II. um Ermöglichung einer Schriftstellerexistenz, Gewährung eines halbjährigen Erholungsurlaubs. Im September Aufgabe des Auditeursamtes, Entlassung aus dem Staatsdienst und im Oktober Aufbruch nach Frankfurt. Dort Bruch mit Kettembeil, Bekanntschaft mit seinem späteren ersten Biografen Eduard Duller. Im November Schreiben an Karl Immermann mit der Bitte um Unterstützung, die Immermann zusagt: im Dezember Abreise nach Düsseldorf. Entstehung des *Hannibal.*

1835 Intensive Beziehung zu Immermann, Umarbeitung des *Hannibal,* Arbeit an einer Hamlet-Übersetzung, der *Hermannsschlacht* sowie der Abhandlung *Das Theater zu Düsseldorf mit Rückblicken auf die übrige deutsche Schaubühne.* Tätigkeit als Theater- und Literaturkritiker (u. a. über Bettina von Arnims *Briefwechsel mit einem Kinde*). Pläne zu einem Christus-Drama. Freundschaft mit dem Komponisten Norbert Burgmüller. Fortschreitender gesundheitlicher Verfall und Depressionen.

1836 Zunehmende Gesundheitsprobleme, finanzielle Sorgen und Alkoholismus. Im Februar Abbruch der Beziehung zu Immermann. Tod Norbert Burgmüllers. Am 26. Mai Rückkehr nach Detmold, zunächst Logis im Gasthaus »Zur Stadt Frankfurt«, erst am 25. Juli unter Polizeibegleitung Rückkehr ins Wohnhaus Unter der Wehme. Abschluß der *Hermannsschlacht.* Einreichung der Scheidung durch Louise Grabbe im August. Grabbe stirbt am 12. September im Beisein seiner Mutter; am 16. September Beisetzung auf dem Friedhof an der Weinbergstraße.

Bio-bibliografische Anmerkungen

LUDWIG BECHSTEIN (1801–1860), Archivar, Schriftsteller, Märchen- und Sagensammler (»Deutsches Märchenbuch«, 1844).
Nach dem Theater (Titel vom Herausgeber) aus: Ludwig Bechstein: Die Reisetage. Aus meinem Leben. Mannheim 1836.

VOLKER BRAUN (geb.1939), nach dem Abitur vergebliches Bemühen um einen Studienplatz, Druckereiarbeiter in Dresden, Tiefbauarbeiter, Maschinistenausbildung, 1960–1964 Philosophiestudium in Leipzig, seit 1965 in Berlin, 1965/66 Dramaturg am Berliner Ensemble, Mitarbeiter am Deutschen Theater Berlin; Lyriker, Dramatiker, Erzähler; ausgezeichnet u.a. mit dem Heinrich-Heine-Preis, dem Heinrich-Mann-Preis in der DDR und dem Büchner-Preis.
Der Teutoburger Wald aus: Volker Braun: Gedichte. © Suhrkamp Verlag, Frankfurt am Main 1979.

BERTOLT BRECHT (1898–1956), Notabitur in Augsburg, Studium in München. Seit 1924 in Berlin. Dramaturgische Mitarbeit an den Münchner Kammerspielen und dem Deutschen Theater. 1927 erste Gedichtsammlung (»Hauspostille«). 1933–39 Exil in Dänemark, seit 1941 in den USA. 1947 Rückkehr nach Europa, 1949 Übersiedlung nach Ost-Berlin, Eröffnung des Berliner Ensembles. Brechts dramatisches Erstlingswerk »Baal« (1922) hat – ohne ihn dezidiert zu nennen – Grabbe als Vorbild und ist eine unmittelbare Reaktion auf Hanns Johsts »Der Einsame«.
Baal (Auszug) aus: Bertolt Brecht: Werke. Große kommentierte Berliner und Frankfurter Ausgabe. Band 1. Stücke 1. © Suhrkamp Verlag, Frankfurt am Main 1989.

PAUL BURG-SCHAUMBURG (1884–1948), Journalist und Jurist in Halle und Leipzig, Autor in Berlin, Stadtarchivar in Magdeburg, lebte zuletzt in Wedderstedt. Heimatdichter historischer Bauernromane, seit den zwanziger Jahren Hinwendung zu einer völkisch-faschistoiden Haltung, in den dreißiger und vierziger Jahren nationalsozialistischer Historiograph und Verfechter der NS-Rassenideologie.
Grabbe (Titel vom Herausgeber) zitiert nach: Der Rabe 24 (Der »Rausch-Rabe«), hg. von Bernd Rauschenbach, Haffmans Verlag, Zürich 1989.

JÖRG FAUSER (1944–1987), studierte Ethnologie und Anglistik, lebte in Istanbul, Berlin, Göttingen, Frankfurt; Rezensent und Redakteur von Underground-Zeitungen, 1974–1981 Autor in München und Berlin. Lyriker, Romancier, Erzähler.

Café Grabbe aus: Jörg Fauser: Essays, Reportagen und Gedichte. Band 5–8. © der Gesamtausgabe 1990, 1994 by Rogner & Bernhard GmbH & Co. Verlags KG, Hamburg.

WILLI FEHSE (1906–1977), seit 1948 in Göttingen, Schulrektor, Lyriker, Romancier, Essayist, v.a. Verfasser von Geschichten und Anekdoten.

Die Grabbe-Anekdote (Originaltitel »Überlebensgroß«) aus: Willi Fehse: Blühender Lorbeer. Ein Dichterspiegel in Anekdoten. Reclam, Stuttgart 1958.

LUDWIG FELS (geb. 1946), Brauereiarbeiter, Hilfsarbeiter in einer Schaumstoffabrik, Maschinist, Stanzer, Packer; seit 1973 freier Schriftsteller, Lyriker, Erzähler, Romancier.

Grabbes Erzählung aus: Akzente. Zeitschrift für Literatur. München 1988. Heft 6. S. 551–556. Mit freundlicher Genehmigung von Ludwig Fels.

FERDINAND FREILIGRATH (1810–1876), bis 1825 in Detmold, danach in Soest und Amsterdam (kaufmännische und literarische Tätigkeiten). 1836 erfährt Freiligrath beim Besuch eines preußischen Manöverlagers von Grabbes Tod. 1844 Hinwendung zu einer sozialkritischen Haltung, 1845 Flucht in die Schweiz und nach London, Aufenthalte in Holland und Köln, 1851–68 Exil in London, 1868 Rückkehr nach Deutschland; Verfasser v.a. politischer Lyrik.

Bei Grabbes Tod aus: Ferdinand Freiligrath: Sämtliche Werke. Leipzig 1906.

Ein Brief aus: Wilhelm Buchner: Ferdinand Freiligrath. Ein Dichterleben in Briefen. Band 1. Lahr 1881.

KARL GUTZKOW (1811–1878), Sohn eines preußischen Hofbediensteten, studierte in Berlin Theologie, 1833 Promotion in Jena. Mitarbeiter und Redakteur von Zeitschriften, Hauptvertreter des »Jungen Deutschland«, 1836 Haftstrafe in Mannheim wegen seines erotischen Romans »Wally, die Zweiflerin«, anschließend Redakteur in Frankfurt und Hamburg, 1846–1861 Redakteur und Dramaturg in Dresden; Romancier, Dramatiker, Feuilletonist.

Grabbe war hier (Titel vom Herausgeber) aus: Bergmann: Zeitgenossen.

Christian Dietrich Grabbe, Hannibal aus: Jürgen Israel (Hg.): Vom Wertmaß der Poesie. Hinstorff Verlag, Rostock 1988.

Üble Anschuldigungen (Titel vom Herausgeber) aus: Mosaik. Novellen und Skizzen von Karl Gutzkow. Leipzig 1842.

FRIEDRICH HEBBEL (1813–1863), Sohn eines Maurers, Maurerlehrling, Laufbursche, Schreiber, Studium in Hamburg, Heidelberg, München (Jura, Geschichte), 1840 Rückkehr nach Hamburg,

1843/44 Aufenthalte in Paris und Rom; seit 1845 in Wien. Als Dramatiker Hauptvertreter des Realismus (»Maria Magdalene«, »Agnes Bernauer«), Lyriker, Tagebuchautor.

Ein entsetzliches Experiment der Natur (Titel vom Herausgeber) aus: Friedrich Hebbel: Briefe. Sämtliche Werke. Band 5. Berlin 1906. Grabbe-Anekdoten aus: Friedrich Hebbel: Tagebücher. Sämtliche Werke. Band 4. Berlin 1905.

HEINRICH HEINE (1797–1865), Sohn eines Textilkaufmanns, 1810–1814 Lyzeum in Düsseldorf, 1815/16 Bankvolontär in Frankfurt/Main und Hamburg. Studierte Jura, Geschichte und Literatur in Bonn, Göttingen und Berlin, dort Kontakt mit Grabbe. 1825 Promotion und Konversion zum Katholizismus. Von 1831 bis zu seinem Tod in Paris. Hauptvertreter des »Jungen Deutschland«, Reiseschriftsteller, Feuilletonist, Lyriker.

Memoiren aus: Heinrich Heines sämtliche Werke. Hg. von Ernst Elster. Band 7. Leipzig, Wien 1890.

HERMANN HESSE (1877–1962), Sohn eines pietistischen Missionspredigers, Buchhändler, seit 1904 freier Schriftsteller in Gaienhofen, ab 1919 in Montagnola. Bedeutende Romane (»Siddharta«, »Steppenwolf«, »Glasperlenspiel«); 1946 Nobelpreis.

C. D. Grabbe aus: Hermann Hesse: Gesammelte Werke. Band 12. © Suhrkamp Verlag, Frankfurt am Main 1970.

PETER HILLE (1854–1904), nach dem Scheitern verschiedener Versuche, im bürgerlichen Leben Fuß zu fassen (Studium, Arbeit als Behördenschreiber und Journalist) unstetes Wanderleben (u.a. in England, Holland, Italien, Schweiz); Schriftsteller und Bohemien in Berlin; Lyriker, Romancier, Aphoristiker.

Grabbe aus: Peter Hille: Gesammelte Werke in sechs Bänden. Band 5. Essays und Aphorismen. Hg. von Friedrich und Michael Kienecker. Ludgerus Verlag Hubert Wingen, Essen 1986.

KARL IMMERMANN (1796–1840), Sohn eines Beamten, 1813–1817 Jurastudium in Halle, 1815 Teilnahme an den Befreiungskriegen, ab 1827 Landgerichtsrat in Düsseldorf, dort 1834–1838 Leiter des Stadttheaters. Verfasser von Dramen und Romanen (»Die Epigonen«). 1831 Besuch Grabbes in Detmold, den er 1834 nach Düsseldorf holte, 1836 Bruch zwischen Immermann und Grabbe, der daraufhin nach Detmold zurückkehrte.

Besuch bei Grabbe (Titel vom Herausgeber) aus: Karl Immermann: Reisejournal. Düsseldorf 1833.

Memorabilien (Auszug). Hamburg 1843.

HANNS JOHST (1890–1978), 1907 Pfleger in Bethel, 1914 Kriegsfreiwilliger, seit 1918 freier Schriftsteller. Begann als expressionistischer und endete als repräsentativer nationalsozialistischer Dramatiker (1935–1945 Präsident der Reichsschrifttumkammer und der Deutschen Akademie der Dichtung). 1917 Uraufführung des expressionistisch-pathetischen Grabbedramas »Der Einsame«, 1933 das berüchtigte NS-Drama »Schlageter«.

Der Einsame (Auszug). München 1917.

LUDWIG KALISCH, (1814–1882), Journalist, Lyriker, Verfasser erzählender und satirischer Schriften. Im Pariser Exil Besuche beim todkranken Heine.

Mitteilungen Heinrich Heines in einem Pariser Gespräche an einem Novemberabend 1849 aus: Ludwig Kalisch: Pariser Leben. Bilder und Skizzen. Mainz 1880.

WULF KIRSTEN (geb. 1934), kaufmännische Lehre, Bauarbeiter, Buchhalter. 1960-1964 Pädagogikstudium für Deutsch und Russisch in Leipzig; Lehrer, Lektor, Lyriker.

Grabbe aus: Wulf Kirsten: der bleibaum. gedichte. Aufbau Verlag, Berlin, Weimar 1977. Mit freundlicher Genehmigung von Wulf Kirsten.

EGON ERWIN KISCH (1855–1948), Sohn eines jüdischen Kaufmanns, Studium an der TH Prag, seit 1904 Journalist, berühmt durch die Reportagensammlung »Der rasende Reporter« (1925). Reisen in die UdSSR, USA und nach Afrika; 1933 Emigration. Teilnahme am Spanischen Bürgerkrieg; ab 1940 in Mexiko, 1946 Rückkehr nach Prag.

Grabbes Napoleon aus: Egon Erwin Kisch: Läuse auf dem Markt. Gesammelte Werke in Einzelausgaben. Bd. 11. © Aufbau-Verlag, Berlin und Weimar 1985.

HEINRICH LAUBE (1806–1884), Burschenschaftler und Redakteur, führender Kopf des »Jungen Deutschland«, 1834 Ausweisung aus Sachsen, in Berlin inhaftiert, 1848 Mitglied der Nationalversammlung, 1849–1867 Leiter des Wiener Burgtheaters, 1871–1879 des Wiener Stadttheaters; Publizist und Romancier.

Die Grabbe-Anekdoten aus: Heinrich Laube: Moderne Charakteristiken. Band 2. Mannheim 1835 und Heinrich Laube: Reisenovellen. Mannheim 1847.

NIKOLAUS LENAU (eigentlich Nikolaus Franz Niembsch, Edler von Strehlenau) (1802–1850), schwermütiger österreichischer Lyriker.

Die Grabbe-Anekdoten aus: Eduard Castle (Hg.): Lenau und die Familie Löwenthal. Briefe und Gespräche, Gedichte und Entwürfe. Leipzig 1906.

RECHTSANWALT IN L.

Die Grabbe-Anekdote aus: Bergmann: Zeitgenossen.

JÜRGEN ROTH (geb. 1968), lebt in Frankfurt/Main; Autor, Herausgeber, Feuilletonist.
Die zwergigte Riesenkrabbe: Erstveröffentlichung mit freundlicher Genehmigung von Jürgen Roth.

THOMAS VALENTIN (1922–1980), studierte Geschichte, Psychologie und Literaturwissenschaft in Gießen und München, Lehrer und freier Schriftsteller (»Hölle für Kinder«; »Die Unberatenen«). »Grabbes letzter Sommer« (1980) wurde verfilmt und mit dem Adolf-Grimme-Preis in Gold ausgezeichnet.
Grabbes letzter Sommer (Auszüge), © Igel Verlag Literatur, Oldenburg 1999.

KARL ZIEGLER (1806–1867), Jurist. Aus jahrelangem freundschaftlichen Umgang mit Grabbe entstand seine – nach Eduard Dullers umstrittener Biographie- zweite Lebensbeschreibung Grabbes.
Grabbe's Leben und Charakter (Auszüge; Überschriften vom Herausgeber). Hamburg 1855.

In einigen Fällen waren die Rechteinhaber nicht zu ermitteln. Der Verlag ist bereit, berechtigte Ansprüche nachträglich abzugelten.

Literaturverzeichnis

Sämtliche Texte Grabbes zitiert nach:

CHRISTIAN DIETRICH GRABBE: *Werke und Briefe*. Historisch-kritische Gesamtausgabe in sechs Bänden. Hg. von der Akademie der Wissenschaften in Göttingen, bearb. von Alfred Bergmann. Emsdetten 1960–1973.

Grabbes Briefe und Kritzeleien aus:

CHRISTIAN DIETRICH GRABBE: *Briefe*. Hg. von Lothar Ehrlich unter Mitarbeit von Viktor Liebrenz. Mit einem Nachwort von Lothar Ehrlich. Bielefeld 1995.

Auswahlbibliographie

ALFRED BERGMANN: Grabbe als Held in Drama und Roman. In: Lippische Mitteilungen aus Geschichte und Landeskunde 33 (1964). S. 218–247.

ALFRED BERGMANN: Christian Dietrich Grabbe. In: Heimatland Lippe 70 (1977). S. 2–25.

ALFRED BERGMANN *(Hg.):* Grabbe. Begegnungen mit Zeitgenossen. Weimar 1930.

ALFRED BERGMANN *(Hg.):* Grabbe in Berichten seiner Zeitgenossen. Stuttgart 1968.

WERNER BROER: Grabbe als Gestalt in der Dichtung. In: Heimatland Lippe 70 (1977). S. 28–33.

LOTHAR EHRLICH: Zur Grabbe-Rezeption in der DDR-Literatur der achtziger Jahre. In: Grabbe-Jahrbuch 1987. S. 25–32.

PAUL FRIEDRICH, FRITZ EBERS *(Hg.):* Das Grabbe-Buch. Detmold 1923.

KARL S. GUTHKE: Der Dandy und sein Welt-Theater. In: Die Mythologie der entgötterten Welt. Ein literarisches Thema von der Aufklärung bis zur Gegenwart. Göttingen 1971. S. 144–158.

GEORG HENSEL: Grabbe: Der Riß zur Schöpfung. In: Hensel: Spielplan. München 1992. S. 517–527.

FRANK HÖFER: Die Rezeption Christian Dietrich Grabbes im Naturalismus 1880 bis 1900. In: Grabbe-Jahrbuch 1996. S. 65–88.

WALTER HÖLLERER: Christian Dietrich Grabbe. In: Höllerer: Zwischen Klassik und Moderne. Lachen und Weinen in der Dichtung einer Übergangszeit. Stuttgart 1958. S. 17–57.

LADISLAUS LÖB: Christian Dietrich Grabbe. Stuttgart, Weimar 1996.

HANS MAYER: Grabbe und die tiefere Bedeutung. In: Akzente 12 (1965). S. 79–95.

LUDWIG MARCUSE: Grabbe. In: Marcuse: Die Welt der Tragödie. Berlin, Leipzig, Wien, Bern 1923. S. 105–122.

MARIA PORRMANN: Grabbe-Detmold: Traumpaarung oder Klischee? Kursorische Anmerkungen zum Umgang mit Grabbes Biografie in fiktionalen Texten der achtziger Jahre. In: Grabbe-Jahrbuch 1991. S. 42–62.

WILHELM SCHERER: Geschichte der deutschen Literatur. Berlin 1883. 15. Auflage. S. 688–704, 793.

ANNEMARIE SCHULZE-WESLARN: Grabbes »Kritzeleien«. In: Grabbe-Jahrbuch 1998/99. S. 187–220.